털북숭이 원숭이

털북숭이 원숭이

여덟 개의 장면으로 구성된 고대와 근대 인생에 관한 희극

유진 오닐 지음

손 동 호 옮김

도서출판 동인

등장인물^{Characters}

로버트 스미스[별명 "양크"]　　ROBERT SMITH, "YANK"

패디　　PADDY

롱　　LONG

밀드레드 더글러스　　MILDRED DOUGLAS

고모　　HER AUNT

이등항해사　　SECOND ENGINEER

간수　　A GUARD

협회 서기　　A SECRETARY OF AN ORGANIZATION

화부들, 신사들, 숙녀들, 등　　STOKERS, GENTLEMEN, LADIES, ETC.

SCENE I

SCENE – The firemen's forecastle of a transatlantic liner an hour after sailing from New York for the voyage across. Tiers of narrow, steel bunks, three deep, on all sides. An entrance in rear. Benches on the floor before the bunks. The room is crowded with men, shouting, cursing, laughing, singing – a confused, inchoate uproar swelling into a sort of unity, a meaning – the bewildered, furious, baffled defiance of a beast in a cage. Nearly all the men are drunk. Many bottles are passed from hand to hand. All are dressed in dungaree pants, heavy ugly shoes. Some wear singlets, but the majority are stripped to the waist.

The treatment of this scene, or of any other scene in the play, should by no means be naturalistic. The effect sought after is a cramped space in the bowels of a ship, imprisoned by white steel. The lines of bunks, the uprights supporting them, cross each other like the steel framework of a cage. The ceiling crushes down upon the men's heads. They cannot stand upright. This accentuates the natural stooping posture

1장

장면: 뉴욕 항 출발 한 시간 후, 대서양 횡단 정기여객선의 화부용 선실. 협소한 철제 벙크 침대들이 세 겹으로 사방을 둘러싸고 있다. 뒤편에 출입구가 있다. 침대들 앞에 벤치들이 있다. 선실에는 고함치고, 욕설하고, 웃고, 노래하는 남자들이 가득하다... 이들의 혼란스러운, 무질서한 소란은 증폭되어 일종의 단일성, 즉 하나의 의미를 띤다... 우리 안의 야수의 당황한, 좌절된, 분노의 저항이다. 거의 모두가 취해있다. 많은 병들이 손에서 손으로 건네진다. 모두가 작업복 면바지와 묵직하고 투박한 신발을 착용하고 있다. 일부는 속셔츠 차림인데, 대부분은 상반신을 벗고 있다.

이 장면, 또는 작품의 어떤 다른 장면이든지 자연주의적으로 처리되어서는 안 된다. 추구하는 효과는 백색 강철에 의해 갇힌 배 밑창의 협소한 공간이다. 벙크 침대의 열과 침대를 고정하는 수직기둥이 동물우리의 철창처럼 십자 형태로 가로지른다. 천장이 사람들의 머리 위에서 부술 듯 내리누른다. 사람들은 똑바로 서 있을 수가 없다. 이로 인하여 석탄 삽질과 그로 인한 어깨와 허리의 과도한 발달에 의해 본래의 구부린

which shovelling coal and the resultant over-development of back and shoulder muscles have given them. The men themselves should resemble those pictures in which the appearance of Neanderthal Man is guessed at. All are hairy-chested, with long arms of tremendous power, and low, receding brows above their small, fierce, resentful eyes. All the civilized white races are represented, but except for the slight differentiation in color of hair, skin, eyes, all these men are alike.

The curtain rises on a tumult of sound. YANK is seated in the foreground. He seems broader, fiercer, more truculent, more powerful, more sure of himself than the rest. They respect his superior strength—the grudging respect of fear. Then, too, he represents to them a self-expression, the very last word in what they are, their most highly developed individual.

VOICES   Gif me trink[1] dere, you!
         'Ave a wet![2]
         Salute![3]
         Gesundheit![4]
         Skoal![5]
         Drunk as a lord, God stiffen[6] you!
         Here's how!
         Luck!
         Pass back that bottle, damn you!
         Pourin' it down his neck!
         Ho, Froggy! Where the devil have you been?

자세가 더욱 심화된다. 화부들은 네안데르탈인의 모습을 상상하여 그린 그림을 닮아야 한다. 모두 가슴에 털이 많고, 엄청난 힘의 긴 팔을 가지고 있으며, 작고 사납고 도전적인 눈 위로 낮은 이마를 가지고 있다. 이들은 모든 문명화된 백인종을 대표하며, 머리·피부·눈의 색깔의 약간의 차이를 제외하면 모두가 비슷하게 생겼다.

왁자지껄한 소리와 함께 막이 오른다. 양크가 맨 앞에 앉아있다. 그는 다른 사람들보다 체격이 크고, 더 사납고 힘이 세고 거칠며, 더 자신감에 차 있다. 화부들은 그의 월등한 힘을 존중한다. 두려움에서 오는 마지못한 존경심이다. 그 반면에 양크는 다른 화부들의 자기표현이며, 그들의 정체성의 진수이며, 가장 고도로 발달된 개인이다.

목소리들   거기 자네, 술 한 잔 줘!

한 잔 걸쳐!

썰루트!

게순트하이트!

스코알!

자네 엄청 취했구만!

자 이렇게 하는 거야!

행운을 비네!

그 병 돌려줘, 빌어먹을 놈아!

목으로 흘러내리잖아!

어이, 프랑스 친구! 도대체 어디 있었어?

---

1) trink=drink, 술
2) wet= an alcoholic drink, have a wet=한 잔 하지!
3) salute=propose a toast to, 건배!
4) 독일어의 건배구호, 본래의 의미는 God bless you!
5) 덴마크, 노르웨이, 스웨덴의 건배구호.
6) stiffen=아침에 몸이 뻣뻣할 정도로 '흠씬 두들겨 팬다'는 뜻으로 사용되는 단어.

11

La Touraine.

I hit him smash in yaw,[7] py Gott![8]

Jenkins—the First[9]—he's a rotten swine—

And the coppers[10] nabbed him—and I run—

I like peer better. It don't pig head[11] gif you.

A slut, I'm sayin'! She robbed me aslape[12]—

To hell with 'em all!

You're a bloody liar!

Say dot again!

[Commotion. Two men about to fight are pulled apart.]

No scrappin'[13] now!

To-night—

See who's the best man!

Bloody Dutchman!

To-night on the for'ard square.

I'll bet on Dutchy.

He packa da wallop[14], I tella you!

Shut up, Wop![15]

프랑스 투렌 지방.

그 녀석 턱주가리를 날려버렸지.

1등 항해사 젠킨스 말이야, 더러운 돼지 같은 놈이야!

짭새들이 그 친구를 잡아갔어! 그래서 나는 튀었지.

나는 맥주가 더 좋아. 덜 취하거든.

잡년! 내가 자고 있는 동안 다 훔쳐갔어.

저주받을 놈들!

넌 새빨간 거짓말쟁이야!

뭐라고 했어, 그 말 다시 한 번 해봐!

[소란하다. 사람들이 싸우려는 두 사람을 떼어놓는다.]

이제 그만 싸워!

오늘밤은...

누가 형님인지 보자구!

더러운 네덜란드 놈!

오늘밤은 앞 갑판에서!

난 네덜란드에게 걸겠어.

그 친구 힘이 장사야!

닥쳐, 이 이태리 놈아!

---

7) smash=갑자기, 번개처럼. in yaw=in jaw. 턱에. I hit him smash in yaw= 그의 턱을 냅다 갈겨버렸지.

8) py Gott=by God.

9) the First= the Firt Mate. 일등항해사

10) coppers=police officers. 경찰관들.

11) pig head=headache. 두통.

12) aslape=asleep. 잠든 사이.

13) scrap=fight or scuffle. 싸움.

14) packs the wallop=can deliver vigorous blows. 강편치를 날릴 수 있다.

15) Wop=a disparaging term for a person of Italian birth or ancestry. 이탈리아인.

No fightin', maties. We're all chums, ain't we?

[A voice starts bawling a song.]

"Beer, beer, glorious beer!

Fill yourselves right up to here."

YANK [For the first time seeming to take notice of the uproar about him, turns around threateningly—in a tone of contemptuous authority.] "Choke off[16] dat noise! Where d'yuh get dat beer stuff? Beer, hell! Beer's for goils—and Dutchmen. Me for somep'n wit a kick[17] to it! Gimme a drink, one of youse guys. [Several bottles are eagerly offered. He takes a tremendous gulp at one of them; then, keeping the bottle in his hand, glares belligerently at the owner, who hastens to acquiesce in this robbery by saying:] All righto, Yank. Keep it and have another." [Yank contemptuously turns his back on the crowd again. For a second there is an embarrassed silence. Then—]

VOICES We must be passing the Hook.

She's beginning to roll to it. Six days in hell—and then Southampton.

Py Yesus, I vish somepody take my first vatch for me! Gittin' seasick, Square-head? Drink up and forget it!

What's in your bottle?

Gin. Dot's nigger trink.

Absinthe? It's doped.

이봐 싸우지 마. 우리 모두 친구들 아냐?

[목소리 하나가 큰소리로 노래를 부르기 시작한다.]

"맥주, 맥주, 영광의 맥주!

 목구멍으로 넘어올 때까지 마셔라"

양크 [처음으로 자기 주위의 소란을 알아차리고 험악한 표정으로 돌아선다. 경멸하는 듯한 권위의 말투로] 조용히 해! 그 맥주 어디서 났어? 맥주라고, 제기랄! 맥주는 여자들과 네덜란드 놈들이나 마시는 거지! 난 톡 쏘는 맛이 있는 게 좋아! 자네들 중 누가 술 좀 줘. [여러 사람이 앞다투어 병을 권한다. 양크는 그 중 하나를 받아 벌컥벌컥 들이킨다. 그리고 병을 손에 든 채 병 주인에게 눈을 부라리자 병 주인은 상황을 얼른 파악하고 이렇게 말한다.] 신경 쓰지 마, 양크. 그거 마셔 그리고 한 병 더 해. [양크는 다시 경멸적인 태도로 무리에게 등을 돌린다. 잠시 불안한 침묵이 흐른다. 그리고...]

목소리들 갈고리 반도를 지나고 있는 게 틀림없어.

배가 그쪽으로 항해 중이야. 엿새만 고생하면 사우샘프턴이다!

주여! 누가 내 첫 근무를 대신 서주면 좋겠어! 어이 얼간이! 멀미하나? 실컷 마시고 잊어버려!

자네 병에 뭐가 들었나?

진! 그건 깜둥이들 술이야!

압생트라고? 그건 마약이 들어있어.

---

16) choke off=stop as if by choking. 그만두다. 중지하다.

17) a kick=sudden stimulating or intoxicating effect. 쏘는 맛.

You'll go off your chump,[18] Froggy!

Cochon![19]

Whiskey, that's the ticket![20]

Where's Paddy? Going asleep.

Sing us that whiskey song, Paddy.

[They all turn to an old, wizened Irishman who is dozing, very drunk, on the benches forward. His face is extremely monkey-like with all the sad, patient pathos of that animal in his small eyes.]

Singa da song, Caruso Pat!

He's gettin' old.

The drink is too much for him.

He's too drunk.

PADDY [Blinking about him, starts to his feet resentfully, swaying, holding on to the edge of a bunk.] I'm never too drunk to sing. 'Tis only when I'm dead to the world I'd be wishful to sing at all. [With a sort of sad contempt.] "Whiskey Johnny," ye want? A chanty, ye want? Now that's a queer wish from the ugly like of you, God help you. But no matther. [He starts to sing in a thin, nasal, doleful tone:]

Oh, whiskey is the life of man!

Whiskey! O Johnny!

[They all join in on this.]

어이 프랑스친구! 그거 마시면 완전히 맛이 간다구.

돼지 같은 놈!

위스키가 제격이지!

패디는 어딨나?

자고 있어.

패디! 그 위스키 노래 좀 불러줘! [그들 모두는 만취 상태로 무대 앞 벤치에서 졸고 있는 늙고 여윈 아일랜드 인을 바라본다. 그의 얼굴은 원숭이와 지극히 흡사하며 눈에는 슬프고, 침착한 원숭이의 비애감이 보인다.]

카루소씨!, 그 노래 좀 불러봐요!

이 사람 이제 늙었어. 술을 이기지 못하잖아.

너무 취했어.

패디 　[눈을 끔벅거리며 주위를 둘러보더니 짜증스러운 듯 벙크 침대의 모서리를 붙잡고 비틀거리며 일어선다.] 아무리 취해도 노래는 할 수 있어. 죽을 때까지 노래를 하지 않으려 했는데. [일종의 서글픈 경멸감을 품고] '위스키 자니'를 듣고 싶나? 뱃노래를 원하나? 자네들처럼 지저분한 친구들이 그걸 원하다니 안 어울려. 하지만 괜찮아. [가느다란 비음 섞인 구슬픈 목소리로 노래를 시작한다.]

"오! 위스키는 남자의 생명!

위스키! 오 자니!

[모두 함께 부른다.]

---

18) go off your chump=crazy. 돌아버리다. chump=head. 머리.
19) cochon=pig(French word). 돼지.
20) the ticket=the proper, or advisable thing. 적절한 것, 추천하는 것.

Oh, whiskey is the life of man!

    Whiskey for my Johnny! [Again chorus]

Oh, whiskey drove my old man mad!

    Whiskey! O Johnny!

Oh, whiskey drove my old man mad!

    Whiskey for my Johnny!

YANK   [Again turning around scornfully.] Aw hell! Nix on dat old sailing ship stuff![21] All dat bull's dead,[22] see? And you're dead, too, yuh damned old Harp, on'y yuh don't know it. Take it easy, see. Give us a rest. Nix on de loud noise. [With a cynical grin.] Can't youse see I'm tryin' to t'ink?

ALL   [Repeating the word after him as one with same cynical amused mockery.] Think! [The chorused word has a brazen metallic quality as if their throats were phonograph horns. It is followed by a general uproar of hard, barking laughter.]

VOICES   Don't be cracking your head wid ut,[23] Yank.

You gat headache, py yingo![24]

One thing about it — it rhymes with drink!

Ha, ha, ha!

Drink, don't think!

Drink, don't think!

Drink, don't think!

"오! 위스키는 남자의 생명!

나의 자니를 위해 위스키를!" [다시 합창을 한다.]

"오! 위스키 때문에 아버지가 화나셨네!

위스키! 오 자니!

오! 위스키 때문에 아버지가 화나셨네!

나의 자니를 위해 위스키를!"

양크　[다시 경멸적 태도로 돌아선다] 옘병할! 그 낡은 돛단배 시절 타령 좀 집어치워! 그거 이미 한물간 거잖아? 그리고 당신도 한물갔어, 이 늙은 떠버리야. 당신만 그걸 모르잖아. 무리하지 마슈! 좀 쉬시라구. 거기 좀 조용해! [냉소적으로 웃으며] 내가 생각 좀 하려고 하는 거 안보여?

모두　[양크와 똑같은 유쾌한 비웃음의 말투로 그 단어를 따라한다.] 생각한다!

[일제히 뱉은 말에서 마치 그들의 목이 축음기 나팔인 것처럼 황동의 금속성 소리가 난다. 이어서 껄껄대는 웃음소리의 함성이 들린다.]

목소리들　씽크하다가 머리가 뽀개질라, 양크.

진짜 두통 생긴다구.

한 가지만 말하지. 씽크는 드링크와 운이 맞는데!

하하하

드링크! 돈 씽크!

드링크! 돈 씽크!

드링크! 돈 씽크!

---

21) Nix=no. 문장 안에서 Nix on~은 '~은 그만둬', '집어치워'로 이해하면 된다.

22) bull=lies, nonsense. 거짓말, 허튼소리.

23) 그러다 머리가 뽀개질라.

24) py yingo=by jingo. 놀람이나 강조를 표시하는 감탄사.

[A whole chorus of voices has taken up this refrain, stamping on the floor, pounding on the benches with fists.]

YANK [Taking a gulp from his bottle—good-naturedly.] Aw right. Can de noise. I got yuh de foist time.[25] [The uproar subsides. A very drunken sentimental tenor begins to sing:]

"Far away in Canada,

Far across the sea,

There's a lass who fondly waits

Making a home for me—"

YANK [Fiercely contemptuous.] Shut up, yuh lousey boob![26] Where d'yuh get dat tripe?[27] Home? Home, hell! I'll make a home for yuh! I'll knock yuh dead. Home! T'hell wit home! Where d'yuh get dat tripe? Dis is home, see? What d'yuh want wit home? [Proudly.] I runned away from mine when I was a kid. On'y too glad to beat it, dat was me. Home was lickings for me, dat's all.[28] But yuh can bet your shoit no one ain't never licked me since! Wanter try it, any of youse? Huh! I guess not. [In a more placated but still contemptuous tone.] Goils waitin' for yuh, huh? Aw, hell! Dat's all tripe. Dey don't wait for no one. Dey'd double-cross yuh for a nickel.[29] Dey're all tarts, get me?[30] Treat 'em rough, dat's me. To hell wit 'em. Tarts, dat's what, de whole bunch of 'em.

[목소리들 합창단 전체가 이 후렴구를 받아서 바닥에 발을 구르며 주먹으로 벤치를 두드린다.]

양크 [자기 병으로 한 모금 마시고, 넉살좋게] 알았어. 조용히 해. 한 번 말해서 알아들었어.[25] [소란이 가라앉는다. 만취한 감상적인 테너가수가 노래를 시작한다.]

"머나먼 캐나다에서

　머나먼 바다 건너

　애타게 기다리는 아가씨가 있네

　나를 위해 집을 꾸미며"

양크 [무서울 정도로 경멸적으로] 닥쳐, 이 멍청아.[26] 어디서 그런 개소리를 들었지? 집? 집 좋아하시네! 내가 당신에게 집을 만들어주지! 패 죽여버릴 테다. 집! 무슨 얼어 죽을 놈의 집! 어디서 그런 개소리를[27] 들었지? 여기가 집이야, 알아? 집이 있으면 뭘 할 건데? [당당하게] 난 어릴 적에 집에서 도망쳤어. 난 말이야, 집 나오니 좋기만 하더라. 난 집이라면 맨날 두들겨 맞은 기억밖에 없어. 하지만 장담하는데, 그 이후로 누구한테도 맞지 않았지. 자네들 중 누구든지 한번 붙어볼 텐가?[28] 흥! 없을 테지. [좀 더 누그러진. 그러나 아직도 경멸적인 어투로] 여자가 자네들을 기다리나? 쌩! 다 개소리야. 여자들은 아무도 안 기다려. 여자들은 동전 한 닢만 준다면 너를 배신한다구.[29] 여자들은 모조리 다 창녀야,[30] 알아? 여자는 거칠게 다뤄라. 그게 내 주장이다. 다 꺼지라고 해. 모조리 다 창녀라구.

---

25) 한 번 말했으면 됐어!
26) boob=stupid, foolish person. 멍청이.
27) tripe=nonsense, rubbish. 헛소리.
28) lick=beat, thrash. 구타하다, 패주다.
29) double-cross=betray by an action contrary to an agreed upon course. 속이다, 배신하다.
30) tart=promiscuous, loose woman. 방탕한 여성.

LONG [Very drunk, jumps on a bench excitedly, gesticulating with a bottle in his hand.] Listen 'ere, Comrades! Yank 'ere is right. 'E says this 'ere stinkin' ship is our 'ome. And 'e says as 'ome is 'ell. And 'e's right! This is 'ell. We lives in 'ell, Comrades – and right enough we'll die in it. [Raging.] And who's ter blame, I arsks yer? We ain't. We wasn't born this rotten way. All men is born free and ekal. That's in the bleedin' Bible, maties. But what d'they care for the Bible – them lazy, bloated swine what travels first cabin? Them's the ones. They dragged us down 'til we're on'y wage slaves in the bowels of a bloody ship, sweatin', burnin' up, eatin' coal dust! Hit's them's ter blame – the damned capitalist clarss! [There had been a gradual murmur of contemptuous resentment rising among the men until now he is interrupted by a storm of catcalls, hisses, boos, hard laughter.]

VOICES Turn it off!

Shut up!

Sit down!

Closa da face![31]

Tamn fool! (Etc.)

YANK [Standing up and glaring at Long.] Sit down before I knock yuh down! [Long makes haste to efface himself. Yank goes on contemptuously.] De Bible, huh? De Cap'tlist class, huh? Aw nix on dat Salvation Army-Socialist bull. Git a soapbox! Hire a hall! Come and be saved, huh?

롱   [만취 상태로 벤치에 올라가 손에 술병을 쥔 채 이리저리 시늉을 한다] 동지들, 내말 들어봐요! 여기 양크 말이 맞아요. 양크는 여기 이 옘병할 배가 우리 집이라고 말합니다. 그리고 또 집은 지옥과 같다고 합니다. 양크의 말이 맞아요! 여긴 지옥입니다. 우리는 지옥에 살아요, 동지들. 그리고 필시 이 안에서 죽을 겁니다. [화를 내며] 문건대, 그게 누구 잘못이죠? 우린 아닙니다. 우린 이렇게 비참하게 태어나지 않았습니다. 모든 인간은 자유롭고 평등하게 태어났습니다. 동료 여러분, 그 말은 성경에 있지요. 하지만 그들이 성경에 관심이 있나요? 일등칸 타고 여행하는 게으르고 살찐 돼지들 말입니다. 그 사람들 책임입니다. 그들이 우리를 끌어내려서 임금노예로 만드는 바람에 우리가 이 옘병할 배 밑창에서 석탄먼지를 들이마시며 땀 흘리고 쇠약해집니다. 그 사람들 탓입니다. 저주받을 자본가계급 말입니다. [사람들 사이에서 경멸하듯 분노의 웅성거림이 서서히 끓어오르다가 마침내 그의 말을 폭풍 같은 야유, 쉿소리, 웃음으로 중단시킨다.]

목소리들   꺼!

닥쳐!

앉아!

꺼져!

바보 같은 놈! (등등)

양크   [일어나서 롱을 노려보며] 때려눕히기 전에 앉아! [롱은 얼른 사라진다. 양크는 경멸하듯이 계속 말한다.] 성경이라구? 자본가 계급? 그 구세군 사회주의자들의 개소리 집어치워! 비누상자 하나 구하시지!

---

31) close the face=shut the face= shut up. 조용히 해, 닥쳐!

Jerk us to Jesus, huh? Aw g'wan! I've listened to lots of guys like you, see, Yuh're all wrong. Wanter know what I t'ink? Yuh ain't no good for no one. Yuh're de bunk.[32] Yuh ain't got no noive,[33] get me? Yuh're yellow, dat's what.[34] Yellow, dat's you. Say! What's dem slobs in de foist cabin got to do wit us? We're better men dan dey are, ain't we? Sure! One of us guys could clean up de whole mob wit one mit.[35] Put one of 'em down here for one watch in de stokehole, what'd happen? Dey'd carry him off on a stretcher. Dem boids[36] don't amount to nothin'. Dey're just baggage. Who makes dis old tub run? Ain't it us guys? Well den, we belong, don't we? We belong and dey don't. Dat's all. [A loud chorus of approval. Yank goes on] As for dis bein' hell — aw, nuts! Yuh lost your noive, dat's what. Dis is a man's job, get me? It belongs. It runs dis tub. No stiffs need apply.[37] But yuh're a stiff, see? Yuh're yellow, dat's you.

VOICES   [With a great hard pride in them.]
Righto!
A man's job!
Talk is cheap, Long.

강당 하나 빌리라구! 와서 구원 받으세요 라구? 우리를 예수에게 인도한다구? 계속해! 너 같은 친구들 말 참 많이 들어봤어. 전부 엉터리야. 내가 어떻게 생각하는지 말해줄까? 자넨 아무에게도 도움 안 돼. 자넨 가짜야. 자넨 용기가 없어. 겁쟁이일 뿐이야. 겁쟁이, 그게 자네야. 자! 일등칸에 있는 게으름뱅이들이 우리와 무슨 상관이지? 우리가 그들보다 더 나은 인간이야, 안 그래? 당근이지! 우리들 중 한 사람이 한 손으로 그들 전체를 쓸어버릴 수도 있어! 암! 그들 중 한 사람을 데려와서 화부실에서 일하게 해봐. 어떤 일이 일어날 것 같아? 들것에 실려 나가게 될 걸. 그 인간들 아무짝에도 쓸모없어. 그냥 짐짝일 뿐이야. 누가 이 배를 움직이게 하지? 우리들 아닌가? 자 그렇다면, 우리가 주인공 아닌가? 우리가 주인공이지, 그들은 아냐. 간단해. [우렁찬 동의의 함성. 계속 말한다.] 여기가 지옥이라는 거, 말도 안 돼! 자넨 제정신이 아니라서 그런 거라구. 이게 사나이의 일이야, 알아? 이게 진짜라구. 이게 배를 움직이잖아. 쪼다들은 필요 없어. 근데 자넨 쪼다지. 자네 겁쟁이 맞아.

목소리들 [대단히 강한 한 자부심이 들어있다.]

맞아!

남자의 일이지!

말은 아무 쓸모없다구, 롱!

---

32) bunk=nonsense, rubbish. 헛소리.

33) noive=nerve=courage, bravery. 용기, 배짱.

34) yellow=cowardly. 겁많은.

35) mitt=hand, fist. 주먹, 손.

36) boids=birds. 사람들.

37) stiff=corpse. 시체.

He never could hold up his end.[38]

Divil take him!

Yank's right. We make it go.

Py Gott, Yank say right ting!

We don't need no one cryin' over us.

Makin' speeches.

Throw him out!

Yellow!

Chuck him overboard!

I'll break his jaw for him!

[They crowd around Long threateningly.]

YANK   [Half good-natured again—contemptuously.] Aw, take it easy. Leave him alone. He ain't woith a punch. Drink up. Here's how, whoever owns dis. [He takes a long swallow from his bottle. All drink with him. In a flash all is hilarious amiability again, back-slapping, loud talk, etc.]

PADDY   [Who has been sitting in a blinking, melancholy daze—suddenly cries out in a voice full of old sorrow.] We belong to this, you're saying? We make the ship to go, you're saying? Yerra[39] then, that Almighty God have pity on us! [His voice runs into the wail of a keen, he rocks back and forth on his bench. The men stare at him, startled and impressed in spite of themselves.] Oh, to be back in the fine days of my youth, ochone![40]

그 친구 끝까지 버티는 걸 못 봤어.

귀신이 안 잡아가나!

양크가 옳아. 우리가 배를 움직이잖아.

양크가 바른 말을 했어.

우린 누구한테도 동정 받을 필요 없어.

말만 번지르르해.

내쫓아!

겁쟁이 같은 이라구!

배 밖으로 던져버려!

턱주가리를 날려버릴 거야!

[그들은 위협하듯이 롱을 에워싼다.]

양크   [다시 어느 정도 넉살좋게. 경멸하듯이.]

진정들 해. 그 친구 내버려둬. 때릴 가치도 없어. 술이나 마시라
구. 이게 누구 술병인지 모르지만 내가 가르쳐주지. [그는 자기 병
으로 길게 한 모금 마신다. 모두가 그를 따라 마신다. 금세 모두가 왁자지껄
한 유쾌한 분위기에 젖어 서로 등을 두드리며 큰 소리로 떠들어댄다.]

패디   [우울하고 멍한 표정으로 눈을 껌뻑이며 앉아있다가 갑자기 슬픔이 가득한
목소리로 외친다.] 여기서 우리가 주인이라고? 우리가 이 배를 가
게 만든다는 건가? 관심 없어. 전능하신 신이시여 저희를 긍휼
히 여기소서! [그의 목소리가 곡소리로 변하더니 벤치에서 몸을 앞뒤로
흔든다. 사람들이 자신들도 모르는 사이에 놀라고 감동되어 그를 바라본다.]
아! 청춘의 아름다운 시절로 돌아갈 수 있다면 얼마나 좋을까!

---

38) hold up his end=hold one's own in an argument, contest. 끝까지 버티다.
39) Yerra=전혀 관심없음을 표시하는 감탄사.
40) ochone=슬픔이나 후회의 표현.

27

Oh, there was fine beautiful ships them days – clippers wid tall masts touching the sky – fine strong men in them – men that was sons of the sea as if 'twas the mother that bore them. Oh, the clean skins of them, and the clear eyes, the straight backs and full chests of them! Brave men they was, and bold men surely! We'd be sailing out, bound down round the Horn[41] maybe. We'd be making sail in the dawn, with a fair breeze, singing a chanty song wid no care to it. And astern the land would be sinking low and dying out, but we'd give it no heed but a laugh, and never a look behind. For the day that was, was enough, for we was free men – and I'm thinking 'tis only slaves do be giving heed to the day that's gone or the day to come – until they're old like me. [With a sort of religious exaltation.] Oh, to be scudding south again wid the power of the Trade Wind driving her on steady through the nights and the days! Full sail on her! Nights and days! Nights when the foam of the wake would be flaming wid fire, when the sky'd be blazing and winking wid stars. Or the full of the moon maybe. Then you'd see her driving through the gray night, her sails stretching aloft all silver and white, not a sound on the deck, the lot of us dreaming dreams, till you'd believe 'twas no real ship at all you was on but a ghost ship like the Flying Dutchman[42] they say does be roaming the seas forevermore widout touching a port.

그 시절엔 배가 참 아름답게 생겼었지... 큰 돛대가 하늘을 찌르는 범선... 그 안의 멋진 건장한 남자들... 마치 바다가 그들을 낳은 어머니이고 자신들은 바다의 아들들인 사나이들. 아, 그들의 깨끗한 피부, 맑은 눈, 곧은 등과 단단한 가슴! 용감한 사나이들이었지. 정말 당당한 사나이들이었어! 우린 배를 몰고 케이프혼을 향해 내려갔지. 산들바람이 좋은 새벽에 아무런 걱정 없이 뱃노래를 부르며 항해를 나가지. 고물 쪽에서 육지가 낮아져서 사라지곤 했지만 우린 신경 안 쓰고 웃을 뿐 결코 뒤돌아보지 않았지. 그날도 그냥 또 하루라는 것, 그거면 충분했어. 왜냐하면 우리는 자유인이었거든. 나처럼 늙을 때까지 지난날이나 다가올 날에 관해 신경을 쓰는 건 노예들밖에 없을 거라고 생각되는군. [일종의 종교적 흥분에 젖어] 변함없이 불어주는 무역풍을 타고 다시 밤낮 남쪽으로 항해할 수 있다면 얼마나 좋을까! 돛을 활짝 펴고! 밤낮 없이! 배의 후미에서 파도의 포말이 석양에 타오르던, 그리고 하늘이 별빛으로 반짝거리며 깜빡이는 밤. 또는 보름달 밤. 배가 돛을 은백색으로 높이 펼치고 회색의 밤을 타고 전진하는 것을 보게 되지. 갑판 위엔 정적뿐, 우린 꿈을 꾼다. 우린 배가 아니라 유령선을 타고 있다고 생각하게 돼. 거 있잖아 사람들이 말하는, 항구에 한 번도 정박하지 못하고 영원히 바다를 떠다니는 '유랑하는 화란인' 말이야.

---

41) Horn=Cape Horn. 남아메리카 최남단의 곶.
42) the Flying Dutchman=항구에 정박하지 못하고 바다를 떠돈다는 전설의 유령선.

And there was the days, too. A warm sun on the clean decks. Sun warming the blood of you, and wind over the miles of shiny green ocean like strong drink to your lungs. Work—aye, hard work—but who'd mind that at all? Sure, you worked under the sky and 'twas work wid skill and daring to it. And wid the day done, in the dog watch, smoking me pipe at ease, the lookout would be raising land maybe, and we'd see the mountains of South Americy wid the red fire of the setting sun painting their white tops and the clouds floating by them! [His tone of exaltation ceases. He goes on mournfully.] Yerra, what's the use of talking? 'Tis a dead man's whisper. [To Yank resentfully.] 'Twas them days men belonged to ships, not now. 'Twas them days a ship was part of the sea, and a man was part of a ship, and the sea joined all together and made it one. [Scornfully.] Is it one wid this you'd be, Yank—black smoke from the funnels smudging the sea, smudging the decks—the bloody engines pounding and throbbing and shaking—wid divil a sight of sun or a breath of clean air—choking our lungs wid coal dust—breaking our backs and hearts in the hell of the stokehole—feeding the bloody furnace—feeding our lives along wid the coal, I'm thinking—caged in by steel from a sight of the sky like bloody apes in the Zoo! [With a harsh laugh.] Ho-ho, divil mend you! Is it to belong to that you're wishing? Is it a flesh and blood wheel of the engines you'd be?

낮에도 좋았어. 깨끗한 갑판 위의 따뜻한 햇볕. 피를 따뜻하게 데 워주는 햇볕, 허파에 들이마시는 강한 알코올처럼 반짝이는 초록 바다 위의 바람. 노동, 맞아 중노동이었어. 하지만 일을 싫어하는 사람은 아무도 없었어. 맞아, 우린 햇볕 아래서 일했고, 그 일은 기술과 배짱으로 하는 일이었지. 하루 일과 후 당직시간, 느긋하 게 파이프를 피우면서 망루에 서면 육지가 나타나고, 우린 보았 지, 석양의 붉은 화염이 남미의 산들의 하얀 정상과 그 주위를 떠 도는 구름을 물들이는 것을! [그의 흥분된 말투가 사라진다. 슬픈 듯이 말을 계속한다.] 에고, 말하면 무슨 소용 있나? 죽은 사람의 넋두리 지. [분하다는 듯이 양크에게] 그 시절엔 사람과 배는 하나였지. 지금 은 아냐. 그 시절엔 배는 바다의 일부였고, 사람은 배의 일부였 고, 바다는 이 둘을 하나로 만들었어. [비웃듯이] 양크 씨, 자네와 이 배가 하나라는 건가... 바다를 더럽히는, 갑판을 얼룩지게 하 는 굴뚝의 검은 연기... 쿵쾅쿵쾅 고동치며 뒤흔드는 저놈의 엔 진... 햇빛도 맑은 공기도 없이... 석탄먼지로 허파를 질식시키 며... 지옥 같은 화부실에서 허리가 부러지고 심장이 터지도록 엔 진화로에, 우리의 생명에 석탄을 먹인다... 동물원의 원숭이들처 럼 하늘을 볼 수 없는 강철 안에 갇혀서... [차가운 웃음과 함께] 하 나님 맙소사! 그 일부가 되는 게 자네의 소원인가? 그 엔진의 피 와 살과 같은 톱니바퀴가 되고 싶다는 건가?

YANK   [Who has been listening with a contemptuous sneer, barks out the answer.] Sure ting! Dat's me! What about it?

PADDY   [As if to himself—with great sorrow.] Me time is past due. That a great wave wid sun in the heart of it may sweep me over the side sometime I'd be dreaming of the days that's gone!

YANK   Aw, yuh crazy Mick![43] [He springs to his feet and advances on Paddy threateningly—then stops, fighting some queer struggle within himself—lets his hands fall to his sides—contemptuously.] Aw, take it easy. Yuh're aw right, at dat. Yuh're bugs, dat's all—nutty as a cuckoo. All dat tripe yuh been pullin'—Aw, dat's all right. On'y it's dead, get me? Yuh don't belong no more, see. Yuh don't get de stuff. Yuh're too old. [Disgustedly.] But aw say, come up for air onct in a while, can't yuh? See what's happened since yuh croaked.[44] [He suddenly bursts forth vehemently, growing more and more excited.] Say! Sure! Sure I meant it! What de hell— Say, lemme talk! Hey! Hey, you old Harp! Hey, youse guys! Say, listen to me—wait a moment—I gotter talk, see. I belong and he don't. He's dead but I'm livin'. Listen to me! Sure I'm part of de engines! Why de hell not! Dey move, don't dey? Dey're speed, ain't dey? Dey smash trou, don't dey? Twenty-five knots a hour! Dat's goin' some! Dat's new stuff! Dat belongs! But him, he's too old. He gets dizzy. Say, listen. All dat crazy tripe about nights and days; all dat crazy tripe about stars and moons;

양크   [경멸조의 비웃음으로 듣다가 퉁명스럽게 대답한다] 맞아. 그게 바로 나야. 그게 어쨌다는 거지?

패디   [자기 자신에게 말하듯이, 구슬프게] 내 시대는 갔어. 내가 지난 세월을 꿈꾸는 동안 햇빛 가득한 파도가 나를 싣고 갔으면 좋겠네.

양크   이 정신 나간 아일랜드인아! [벌떡 일어나 패디에게 험악하게 다가가다가 속에서 치미는 것을 억누르며 멈춘다. 손을 내려서 양 허리를 짚고 경멸하듯이 말한다.] 진정하셔. 이 정도면 잘 지내는 거지. 당신은 유령일 뿐이야. 완전히 돌았어. 당신이 여태 읊은 헛소리들... 괜찮았어. 단, 이젠 그런 건 죽고 없어, 알아? 당신의 시대는 갔어. 당신은 이해 못하지. 너무 늙었어. [역겹다는듯이] 하지만 가끔 바람 쐬러 올라오시지 그래. 당신이 죽은 후 어떤 일이 일어났는지 보러 말이야. [갑자기 열정적으로 말을 시작하면서 점점 더 흥분한다.] 그래. 맞아! 맞아! 진심이야! 이런 제길, 내가 말하지! 이봐. 어이 늙은 떠버리! 이봐, 친구들! 내말 들어봐. 잠깐만. 내가 얘기해야겠어! 내가 주인공이지. 저 사람은 아니지. 저 영감은 죽었고 나는 살아있어. 들어봐! 그래, 나는 엔진의 일부야. 그게 어때! 엔진은 움직이잖아? 엔진은 스피드잖아? 돌진하잖아? 시속 25노트로! 상당한 속도지! 새로운 것이거든! 그게 최고야! 그러나 저 사람, 너무 늙었어. 저 사람 어지럼증 있어. 내 말 들어봐. 밤과 낮에 관한 허튼소리. 달과 별에 관한 허튼소리.

---

43) Mick=아일랜드인.

44) croak=die. 죽다.

all dat crazy tripe about suns and winds, fresh air and de rest of it–Aw hell, dat's all a dope dream! Hittin' de pipe of de past, dat's what he's doin'. He's old and don't belong no more. But me, I'm young! I'm in de pink!⁴⁵⁾ I move wit it! It, get me! I mean de ting dat's de guts of all dis. It ploughs trou all de tripe he's been sayin'. It blows dat up! It knocks dat dead! It slams dat off en de face of de oith! It, get me! De engines and de coal and de smoke and all de rest of it! He can't breathe and swallow coal dust, but I kin, see? Dat's fresh air for me! Dat's food for me! I'm new, get me? Hell in de stokehole? Sure! It takes a man to work in hell. Hell, sure, dat's my fav'rite climate. I eat it up! I git fat on it! It's me makes it hot! It's me makes it roar! It's me makes it move! Sure, on'y for me everyting stops. It all goes dead, get me? De noise and smoke and all de engines movin' de woild, dey stop. Dere ain't nothin' no more! Dat's what I'm sayin'. Everyting else dat makes de woild move, somep'n makes it move. It can't move witout somep'n else, see? Den yuh get down to me. I'm at de bottom, get me! Dere ain't nothin' foither. I'm de end! I'm de start! I start somep'n and de woild moves! It–dat's me!–de new dat's moiderin' de old! I'm de ting in coal dat makes it boin; I'm steam and oil for de engines; I'm de ting in noise dat makes yuh hear it; I'm smoke and express trains and steamers and factory whistles;

34

해와 바람과 맑은 공기 등등에 관한 허튼소리. 염병할, 그거 모두 몽상이야! 옛날타령 하기, 그게 저 사람이 하는 짓이야! 저 사람은 늙었고, 이제 아무 것도 아냐. 하지만, 나는 젊어! 난 한창때지. 난 그것과 함께 움직이지. 그것 말이야! 이 모든 것의 정수라고 할 수 있는 그것 말이야. 저 사람이 말한 모든 헛소리를 그것은 갈아엎어버리지. 날려버린다구. 한 방에 쓰러뜨리지. 지구 밖으로 날려버린다구. 그것이. 엔진과 석탄과 연기와 그 밖의 모든 것. 저 사람은 석탄먼지를 들이마시지도 삼키지도 못하지만 난 할 수 있다구! 그게 나한텐 신선한 공기거든! 그게 나에겐 음식이지! 나는 새롭다구, 알아? 화부실 안의 지옥이라구? 맞아! 남자라야 지옥에서 일할 수 있어! 맞아, 지옥이 내가 좋아하는 기후야. 나는 다 먹어치운다. 나는 그걸 먹고 살이 찌거든! 그것을 뜨겁게 만드는 건 바로 나야. 그것이 굉음을 내게 만드는 건 바로 나야. 그것을 움직이게 만드는 건 바로 나야. 맞아. 모든 것은 나를 위해서만 멈춰. 완전히 정지한다구, 알아? 소음과 연기와 세상을 움직이는 모든 엔진, 이것들이 멈춘다. 그 이상은 없어. 이게 내가 말하려는 것이야. 세상을 움직이는 모든 것에는 또 그것을 움직이는 무언가가 있어. 다른 무엇이 없이는 세상은 움직일 수 없지? 그 너머에 내가 있어. 내가 밑바닥에 있단 말이야! 그 아래엔 아무 것도 없어. 나는 끝이다. 나는 시작이다. 내가 무엇인가를 시작하면 세상은 움직이게 돼. 낡은 것을 살해하는 새로운 것, 그것이 나야. 나는 석탄이 타오르게 만드는 그 안의 그것이지. 나는 엔진의 증기와 기름이야. 나는 소리가 당신들에게 들리도록 만드는 소리 속의 그것이야. 나는 연기이며 고속철이며 증기선이며 공장의 호각이지.

---

45) be in the pink=be in the state of robust good health. 건강하다.

I'm de ting in gold dat makes it money! And I'm what makes iron into steel! Steel, dat stands for de whole ting! And I'm steel–steel–steel! I'm de muscles in steel, de punch behind it! [As he says this he pounds with his fist against the steel bunks. All the men, roused to a pitch of frenzied self-glorification by his speech, do likewise. There is a deafening metallic roar, through which Yank's voice can be heard bellowing.] Slaves, hell! We run de whole woiks. All de rich guys dat tink dey're somep'n, dey ain't nothin'! Dey don't belong. But us guys, we're in de move, we're at de bottom, de whole ting is us! [Paddy from the start of Yank's speech has been taking one gulp after another from his bottle, at first frightenedly, as if he were afraid to listen, then desperately, as if to drown his senses, but finally has achieved complete indifferent, even amused, drunkenness. Yank sees his lips moving. He quells the uproar with a shout.] Hey, youse guys, take it easy! Wait a moment! De nutty Harp is sayin' someth'n.

PADDY   [Is heard now–throws his head back with a mocking burst of laughter.] Ho-ho-ho-ho-ho–

YANK   [Drawing back his fist, with a snarl.] Aw! Look out who yuh're givin' the bark!

PADDY   [Begins to sing the "Muler of Dee" with enormous good-nature.]
"I care for nobody, no, not I,
  And nobody cares for me."

나는 황금이 돈이 되게 하는 황금 속의 그것이라구. 나는 쇠를 강철로 만드는 그것이다! 강철! 강철이 모든 것을 말한다. 나는 강철! 강철! 강철이다! 나는 강철의 근육이요, 그 뒤의 펀치다. [이 말을 하면서 주먹으로 강철 벙크 침대를 친다. 그의 연설로 인해 모든 화부들은 일종의 자화자찬 빠져 그를 따라한다. 귀가 먹먹한 금속성 굉음이 울리면서 거기에 양크의 고함소리가 섞여 들린다.] 노예라고! 쌍! 우리가 기계 전체를 운행하는 거야. 자기들이 대단한 존재라고 생각하는 부자들, 아무 것도 아니야! 그들은 주인이 아니야. 우리는 움직인다. 우리는 밑바닥에 있다. 전체가 우리다! [양크의 연설 시작부터 패디는 병의 술을 한 모금씩 한 모금씩 들이킨다. 처음엔 듣기가 두려워 겁에 질린 것처럼, 그 다음엔 감각을 잠재우려는 듯 필사적으로, 그리고 결국 완전히 무관심한, 심지어 유쾌한 만취상태에 도달한다. 양크는 그의 입술이 움직이는 것을 본다. 그는 고함소리로 소란을 잠재운다.] 이봐 친구들, 진정해! 잠깐 기다려! 저 미친 떠버리가 뭔가 지껄이네.

패디   [조용해진다. 머리를 뒤로 젖히며 비웃는듯 웃음을 터뜨린다.] 하하하하.

양크   [으르렁거리며 주먹을 불끈 쥔다] 이봐! 조심해, 어디다 대고 짖어대는 거야!

패디   ["디의 방앗간주인"을 아주 멋스럽게 부르기 시작한다]

"나는 좋아하는 사람 하나 없어요, 하나도,
  아무도 나를 좋아하지 않아요."

YANK   [Good-natured himself in a flash, interrupts PADDY with a slap on the bare back like a report.] Dat's de stuff! Now yuh're gettin' wise to somep'n. Care for nobody, dat's de dope![46] To hell wit 'em all! And nix on nobody else carin'. I kin care for myself, get me! [Eight bells sound, muffled, vibrating through the steel walls as if some enormous brazen gong were imbedded in the heart of the ship. All the men jump up mechanically, fie through the door silently close upon each other's heels in what is very like a prisoners lockstep. YANK slaps PADDY on the back.] Our watch, yuh old Harp! [Mockingly.] Come on down in hell. Eat up de coal dust. Drink in de heat. It's it, see! Act like yuh liked it, yuh better – or croak yuhself.

PADDY   [With jovial defiance.] To the divil wid it! I'll not report this watch. Let thim log me and be damned. I'm no slave the like of you. I'll be sittin' here at me ease, and drinking, and thinking, and dreaming dreams.

YANK   [Contemptuously.] Tinkin' and dreamin', what'll that get yuh? What's tinkin' got to do wit it? We move, don't we? Speed, ain't it? Fog, dat's all you stand for. But we drive trou dat, don't we? We split dat up and smash trou – twenty-five knots a hour! [Turns his back on Paddy scornfully.] Aw, yuh make me sick! Yuh don't belong! [He strides out the door in rear. Paddy hums to himself, blinking drowsily.]

[Curtain]

양크   [금세 기분이 좋아져서 맨살의 등을 철썩 소리가 나게 때려서 중지시킨다.] 그렇지! 이제야 말이 통하네. 아무도 좋아하지 마라, 바로 그거야! 모두 엿 먹으라고 해! 사람들 좋아할 필요 없어. 나 혼자 잘 살아가는걸! [마치 거대한 황동제 벨이 배의 심장부에 설치된 것처럼 여덟 개의 종이 강철벽을 타고 둔하게 울린다. 모든 화부는 기계적으로 벌떡 일어서서 포승줄에 묶인 죄수들의 걸음으로 촘촘히 줄을 지어 문을 통해 나간다. 양크가 패디의 등을 때린다.] 우리 작업시간이야, 늙은 떠버리야! [비웃듯이] 지옥으로 내려가자구. 석탄먼지를 먹어봐. 열기를 마셔봐. 그게 바로 그거야. 그걸 좋아해야지. 아니면 나가 죽든가.

패디   [넉살좋게 항의하며] 아 지겨워! 나는 근무 안 나갈 거야. 처벌하라고 해 엠병할! 나는 자네들 같은 노예가 아니야. 나는 여기에 편히 앉아서 마시고 생각하고 꿈을 꿀 거야.

양크   [경멸적으로] 생각하고 꿈을 꾼다고? 그래서 얻는 게 뭔데? 생각하는 게 지금 왜 필요하지? 우리는 움직인다. 안 그래? 속도야, 안 그래? 당신이 기껏 대변하는 것은 안개야. 우리는 그 속에서 전진한다, 그렇지? 우리는 안개를 가르고 돌진한다. 시속 25노트로! [경멸하듯이 패디에게 등을 돌린다.] 당신 역겨워! 당신 껍데기야! [양크는 뒷문으로 걸어나간다. 패디는 졸린 것처럼 눈을 깜빡거리며 콧노래를 부른다.]

막이 내린다.

---

46) dope=inside information. 내부정보, 진짜 지식.

SCENE II

SCENE — Two days out. A section of the promenade deck.[47] MILDRED DOUGLAS and her aunt are discovered reclining in deck chairs. The former is a girl of twenty, slender, delicate, with a pale, pretty face marred by a self-conscious expression of disdainful superiority. She looks fretful, nervous and discontented, bored by her own anemia. Her aunt is a pompous and proud — and fat — old lady. She is a type even to the point of a double chin and lorgnettes. She is dressed pretentiously, as if afraid her face alone would never indicate her position in life. MILDRED is dressed all in white.

The impression to be conveyed by this scene is one of the beautiful, vivid life of the sea all about — sunshine on the deck in a great flood, the fresh sea wind blowing across it. In the midst of this, these two incongruous, artificial figures, inert and disharmonious, the elder like a gray lump of dough touched up with rouge, the younger

2장

장면: 이틀 후. 산책용 갑판의 한 부분. 밀드레드 더글러스와 그녀의 고모가 갑판 의자에 비스듬히 누워있는 것이 보인다. 밀드레드는 날씬하고 가냘픈 20세의 여성으로 곱상한 얼굴이 남을 경멸하는 듯한 우월감의 자의식적인 표정으로 인해 못쓰게 됐다. 그녀는 불안 초조해 하고, 불만스러워하며, 빈혈증에 쉽게 권태감을 느낀다. 그녀의 고모는 오만하고 뚱뚱한 늙은 여성이다. 그녀는 이중턱에 오페라글라스를 사용할 정도로 특이한 타입의 사람이다. 그녀는 얼굴만으로는 자신의 지위를 드러내지 못할까 두려워 사치스러운 차림을 한다. 밀드레드는 순백색의 의상을 입고 있다.

이 장면에서 전달되어야 할 인상은 주변 바다의 아름답고 생생한 생명이다. 햇볕이 갑판 위에 폭포수처럼 쏟아지고, 그 위에 상쾌한 바닷바람이 분다. 어색하고 인공적인 이 두 사람은 무기력하고 조화되지 않은 채 장면 한가운데 있다. 고모는 입술연지를 바른 회색 밀가루반죽덩이 같고, 조카는 마치 수태되기도 전에 가문의 생기가 고갈

---

47) promenade deck. 산책용 갑판은 여객선의 객실 양쪽으로 승객들이 걸어다닐 수 있도록 넓게 만든 통로를 가리킨다.

looking as if the vitality of her stock had been sapped before she was conceived, so that she is the expression not of its life energy but merely of the artificialities that energy had won for itself in the spending.

MILDRED [Looking up with affected dreaminess.] How the black smoke swirls back against the sky! Is it not beautiful?

AUNT [Without looking up.] I dislike smoke of any kind.

MILDRED My great-grandmother smoked a pipe — a clay pipe.

AUNT [Ruffling.] Vulgar!

MILDRED She was too distant a relative to be vulgar. Time mellows pipes.

AUNT [Pretending boredom but irritated.] Did the sociology you took up at college teach you that — to play the ghoul on every possible occasion, excavating old bones? Why not let your great-grandmother rest in her grave?

MILDRED [Dreamily.] With her pipe beside her — puffing in Paradise.

AUNT [With spite.] Yes, you are a natural born ghoul. You are even getting to look like one, my dear.

MILDRED [In a passionless tone.] I detest you, Aunt. [Looking at her critically.] Do you know what you remind me of? Of a cold pork pudding against a background of linoleum tablecloth in the kitchen of a — but the possibilities are wearisome. [She closes her eyes.]

되어버린 것처럼 보이며 따라서 그녀는 가문의 생명에너지가 아니라 에너지가 소비되
며 얻어진 인공성의 표현에 지나지 않는다.

밀드레드 [짐짓 꿈꾸는 표정으로 하늘을 보며] 검은 연기가 하늘에 소용돌이치는
것 좀 봐. 아름답지 않아요?

고모 [쳐다보지 않고] 나는 연기는 다 싫어.

밀드레드 우리 증조할머니는 파이프를 피우셨어요. 진흙 파이프를.

고모 [짜증내며] 천박해!

밀드레드 할머니는 너무 먼 친척이라 천박하다고 할 수 없어요. 시간은 담
배 파이프를 부드럽게 만들죠.

고모 [권태로운 척 그러나 짜증스럽게] 네가 대학에서 배운 사회학에서 그
렇게 배웠니? 기회가 있을 때마다 해골을 파내서 귀신놀이 하기
말이야. 왜 증조할머니가 무덤 속에서 쉬시도록 내버려두지 않는
거야?

밀드레드 [꿈꾸듯이] 낙원에서 파이프를 옆에 두고... 뻐끔거리며.

고모 [악의적으로] 맞아, 너는 태어날 때부터 귀신이었어. 이제 점점 귀
신을 닮아가는구나.

밀드레드 [관심없는 말투로] 나는 고모가 싫어요. [흠잡듯이 바라보며] 고모를 보
면 무슨 생각이 나는 줄 아세요? 어디더라 그 부엌의 리놀륨 테
이블보 위에 놓인 차가운 돼지고기 푸딩! 에고 그런 생각을 하는
것도 귀찮아! [눈을 감는다.]

AUNT   [With a bitter laugh.] Merci[48] for your candor. But since
        I am and must be your chaperone[49] – in appearance,
        at least – let us patch up some sort of armed truce.
        For my part you are quite free to indulge any pose of
        eccentricity that beguiles you – as long as you
        observe the amenities –

MILDRED [Drawling.] The inanities?

AUNT   [Going on as if she hadn't heard.] After exhausting the
        morbid thrills of social service work on New York's
        East Side – how they must have hated you, by the
        way, the poor that you made so much poorer in
        their own eyes! – you are now bent on making your
        slumming international. Well, I hope Whitechapel[50]
        will provide the needed nerve tonic. Do not ask me
        to chaperone you there, however. I told your father
        I would not. I loathe deformity. We will hire an army
        of detectives and you may investigate everything –
        they allow you to see.

MILDRED [Protesting with a trace of genuine earnestness.] Please do
        not mock at my attempts to discover how the other
        half lives. Give me credit for some sort of groping
        sincerity in that at least. I would like to help them.
        I would like to be some use in the world. Is it my
        fault I don't know how? I would like to be sincere,
        to touch life somewhere. [With weary bitterness.] But
        I'm afraid I have neither the vitality nor integrity.
        All that was burnt out in our stock before I was born.

고모   [씁쓸하게 웃으며] 솔직하게 말해줘서 고마워. 하지만 내가 너의 샤프롱이고 또 적어도 겉으로는 그렇게 행동해야 하니 일종의 휴전을 하도록 하자. 나로선 네가 어떤 엽기적인 모양으로 위장해도 상관없어. 예의를 지키기만 한다면.

밀드레드   [길게 늘여서] 공허함을?

고모   [듣지 못한 양 계속 말한다] 뉴욕시 동부에서 사회봉사의 병적인 쾌감이 없어지니 빈민굴 자선사업을 국제화 하려는 거지. 그들이 얼마나 너를 증오했을까, 너로 인하여 스스로 더욱 더 비참하게 느낀 빈민들. 화이트채플 구역이 너에게 원기를 돋우어줄 거야. 하지만 거기서 나에게 샤프롱 역할을 해달라고 하진 마라. 너희 아버지에게 하지 않겠다고 했다. 나는 흉한 게 싫거든. 우리가 군부대만큼의 탐정들을 고용하면 네가 모든 것을 조사할 수 있고, 그들이 네가 보도록 허락할 거야.

밀드레드   [약간의 진정성을 가지고 항의하며] 제발 세상의 다른 절반이 어떻게 사는지 알아보려는 나의 노력을 비웃지 말아요. 적어도 이 일의 기본적 진실함에 대하여 칭찬을 해줘야죠. 나는 그들을 돕고 싶어요. 세상에 쓸모 있는 사람이 되고 싶어요. 어떻게 해야 할지 모르는 게 내 잘못인가요? 나는 진실해지고 싶고, 어디에선가 생명과 접촉하고 싶어요. [따분하고 괴로운 듯] 그러나 나는 활력도 없고 진실성도 없어요. 우리 가문의 활력과 진실성은 내가 태어나기 전에 소진되어 버렸어요.

---

48) merci=thanks(프랑스어).
49) chaperone=젊은 여성을 사교계에 입문시키는 경험 있는 여성.
50) 런던 동부의 빈민가 지역.

Grandfather's blast furnaces, flaming to the sky, melting steel, making millions – then father keeping those home fires burning, making more millions – and little me at the tail-end of it all. I'm a waste product in the Bessemer process – like the millions. Or rather, I inherit the acquired trait of the by-product, wealth, but none of the energy, none of the strength of the steel that made it. I am sired by gold and darned by it, as they say at the race track –damned in more ways than one, [She laughs mirthlessly].

AUNT   [Unimpressed – superciliously.] You seem to be going in for sincerity to-day. It isn't becoming to you, really – except as an obvious pose. Be as artificial as you are, I advise. There's a sort of sincerity in that, you know. And, after all, you must confess you like that better.

MILDRED   [Again affected and bored.] Yes, I suppose I do. Pardon me for my outburst. When a leopard complains of its spots, it must sound rather grotesque. [In a mocking tone.] Purr, little leopard. Purr, scratch, tear, kill, gorge yourself and be happy – only stay in the jungle where your spots are camouflage. In a cage they make you conspicuous.

AUNT   I don't know what you are talking about.

MILDRED   It would be rude to talk about anything to you. Let's just talk. [She looks at her wrist watch.] Well, thank goodness, it's about time for them to come for me. That ought to give me a new thrill, Aunt.

할아버지의 용광로가 하늘까지 타오르며 강철을 녹이고 수백만 달러를 벌었고... 그 다음은 아버지가 집안의 불을 계속 타오르게 유지해 수백만 달러를 더 벌었고... 그리고 어린 나는 그 모든 것의 끝자락에 있었죠. 그 수백만 달러의 돈처럼 나는 베세머 공법의 쓰레기죠. 또는 나는 그 쓰레기의 후천성인 부를 상속받았지만, 에너지, 즉 그 부를 만든 강철의 힘은 전혀 받지 않았어요. 사람들이 경마장에서 말하는 것처럼 나는 황금을 아버지로 하여 태어났고 황금에 의해 저주받았어요... 여러 가지 면에서. [웃기 없이 웃는다.]

고모   [별 반응이 없다. 거만하게] 네가 오늘은 진실성을 강조하는구나. 드러내고 쇼 하는 거라면 모를까 너에겐 안 어울려 정말. 충고하건대, 있는 그대로 가짜로 행세해. 너도 알다시피 거기에 나름대로 진실성이 있어. 결국 너도 그걸 더 좋아한다고 고백하고야 말걸.

밀드레드   [다시 짐짓 꾸민 태도로 지루한 듯] 그래요. 나도 그런 거 같아요. 흥분한 거 용서해줘요. 표범이 몸의 점들에 대해 불평하면 틀림없이 좀 이상하게 들릴 테지요. [비웃는 듯한 투로] 그르렁 꼬마 표범아. 그르렁, 할퀴고, 찢고, 죽이고, 삼키고, 행복해라... 단, 너의 점들이 드러나지 않는 정글에 있어라. 동물원 우리 안에서는 점들이 너의 정체를 뚜렷하게 만든다.

고모   도대체 무슨 소리를 하는지 모르겠구나.

밀드레드   고모에게는 무슨 소리를 해도 예의 없다고 하겠지. 그냥 얘기나 하자구요. [손목시계를 들여다본다.] 어머나, 나를 데리러 올 때가 되었네. 난 새로운 기쁨을 맛볼 거예요, 고모.

AUNT [Affectedly troubled.] You don't mean to say you're really going? The dirt—the heat must be frightful—

MILDRED Grandfather started as a puddler. I should have inherited an immunity to heat that would make a salamander shiver. It will be fun to put it to the test.

AUNT But don't you have to have the captain's—or someone's—permission to visit the stokehole?

MILDRED [With a triumphant smile.] I have it—both his and the chief engineer's. Oh, they didn't want to at first, in spite of my social service credentials. They didn't seem a bit anxious that I should investigate how the other half lives and works on a ship. So I had to tell them that my father, the president of Nazareth Steel, chairman of the board of directors of this line, had told me it would be all right.

AUNT He didn't.

MILDRED How naive age makes one! But I said he did, Aunt. I even said he had given me a letter to them—which I had lost. And they were afraid to take the chance that I might be lying. [Excitedly.] So it's ho! for the stokehole. The second engineer is to escort me. [Looking at her watch again.] It's time. And here he comes, I think. [The SECOND ENGINEER enters, He is a husky, fine-looking man of thirty-five or so. He stops before the two and tips his cap, visibly embarrassed and ill-at-ease.]

SECOND ENGINEER Miss Douglas?

MILDRED Yes. [Throwing off her rugs and getting to her feet.] Are we all ready to start?

고모   [난처한 척] 설마 정말 가겠다는 건 아니겠지. 먼지... 열기가 끔찍할 텐데.

밀드레드   할아버지는 제련공으로 시작하셨어요. 나는 불도마뱀이 추워서 떨 정도의 열에 대한 면역성을 물려받았을 거예요. 한번 시험해보면 재미있을 거야.

고모   그렇지만 화부실을 방문하려면 선장이나 누군가의 허가를 받아야 하지 않니?

밀드레드   [의기양양하게 웃으며] 받았어요. 선장과 일등항해사에게. 처음엔 나의 사회사업 자격증을 보고도 허가하지 않으려 했어요. 내가 사회의 다른 절반이 어떻게 살며 배에서 일하는지 조사하려는 것에 대해 적지 않게 불안해했지요. 그래서 하는 수 없이 나사렛강철의 사장이며 이 여객선 이사회의 의장인 우리 아버지가 승낙했다고 말했지요.

고모   그런 적 없잖아!

밀드레드   노인네 순진하시기는! 하지만 아버지가 승낙했다고 말했죠. 아버지가 그 사람들에게 줄 편지도 써주셨는데 잃어버렸다고 했어요. 그 사람들은 혹시 내 말이 거짓말이면 어쩌나 걱정했어요. [흥분해서] 화부실에서는 깜짝 놀라겠지. 이등항해사가 나를 안내하기로 했어요. [다시 시계를 본다] 시간이 됐어요. 오는 것 같아요. [이등항해사가 입장한다. 그는 잘생긴 서른다섯 가량의 남자로서 쉰 목소리를 가지고 있다. 그는 두 사람 앞에 서서 모자를 벗고 인사를 하는데, 당황하고 불안한 기색이 역력하다.]

이등항해사   더글러스 양이신가요?

밀드레드   네. [담요를 내던지고 일어난다.] 출발 준비가 되었나요?

SECOND ENGINEER   In just a second, ma'am. I'm waiting for the Fourth. He's coming along.

MILDRED   [With a scornful smile.] You don't care to shoulder this responsibility alone, is that it?

SECOND ENGINEER   [Forcing a smile.] Two are better than one. [Disturbed by her eyes, glances out to sea – blurts out.] A fine day we're having.

MILDRED   Is it?

SECOND ENGINEER   A nice warm breeze –

MILDRED   It feels cold to me.

SECOND ENGINEER   But it's hot enough in the sun –

MILDRED   Not hot enough for me. I don't like Nature. I was never athletic.

SECOND ENGINEER   [Forcing a smile.] Well, you'll find it hot enough where you're going.

MILDRED   Do you mean hell?

SECOND ENGINEER   [Flabbergasted, decides to laugh.] Ho-ho! No, I mean the stokehole.

MILDRED   My grandfather was a puddler. He played with boiling steel.

SECOND ENGINEER   [All at sea – uneasily.] Is that so? Hum, you'll excuse me, ma'am, but are you intending to wear that dress.

MILDRED   Why not?

SECOND ENGINEER   You'll likely rub against oil and dirt. It can't be helped.

MILDRED   It doesn't matter. I have lots of white dresses.

SECOND ENGINEER   I have an old coat you might throw over –

이등항해사	아가씨, 잠시만요. 사등항해사를 기다리고 있는 중입니다. 함께 갈 겁니다.
밀드레드	[비꼬듯 웃으며] 이 일에 대한 책임을 혼자 지고 싶지 않은 거로군요?
이등항해사	[억지로 웃으며] 하나보다는 둘이 낫습니다. [그녀의 시선이 부담스러워 바다 쪽을 바라보고 내뱉는다.] 날씨 한번 좋군요.
밀드레드	그래요?
이등항해사	상쾌하고 따스한 바람이—
밀드레드	나는 추운데요.
이등항해사	햇볕이 따가운걸요.
밀드레드	나는 못 느끼겠어요. 나는 자연이 싫어. 운동이라곤 해본 적이 없어요.
이등항해사	[억지로 웃으며] 가보면 뜨겁다는 것을 알게 될 겁니다.
밀드레드	지옥을 말하는 건가요?
이등항해사	[깜짝 놀랐지만 억지로 웃는다.] 무슨 말씀을! 화부실을 말하는 겁니다.
밀드레드	우리 할아버지는 제련공이었어요. 끓는 쇳물을 가지고 놀았죠.
이등항해사	[바다만 바라본다. 불편한 듯.] 그런가요? 저, 죄송합니다만 그 옷을 입고 계실 건가요?
밀드레드	왜, 안 되나요?
이등항해사	기름과 먼지가 묻을 텐데요. 피할 방법이 없어요.
밀드레드	상관없어요. 흰 드레스가 많으니까.
이등항해사	저한테 낡은 코트가 하나 있는데 뒤집어쓰실래요.

MILDRED   I have fifty dresses like this. I will throw this one into the sea when I come back. That ought to wash it clean, don't you think?

SECOND ENGINEER   [Doggedly.] There's ladders to climb down that are none too clean—and dark alleyways—

MILDRED   I will wear this very dress and none other.

SECOND ENGINEER   No offence meant. It's none of my business. I was only warning you—

MILDRED   Warning? That sounds thrilling.

SECOND ENGINEER   [Looking down the deck—with a sigh of relief.]—There's the Fourth now. He's waiting for us. If you'll come—

MILDRED   Go on. I'll follow you. [He goes. Mildred turns a mocking smile on her aunt.] An oaf—but a handsome, virile oaf.

AUNT   [Scornfully.] Poser!

MILDRED   Take care. He said there were dark alleyways—

AUNT   [In the same tone.] Poser!

MILDRED   [Biting her lips angrily.] You are right. But would that my millions were not so anemically chaste!

AUNT   Yes, for a fresh pose I have no doubt you would drag the name of Douglas in the gutter!

MILDRED   From which it sprang. Good-by, Aunt. Don't pray too hard that I may fall into the fiery furnace.

AUNT   Poser!

MILDRED   [Viciously.] Old hag! [She slaps her aunt insultingly across the face and walks off, laughing gaily.]

AUNT   [Screams after her.] I said poser!

[Curtain]

밀드레드	난 이런 드레스를 오십 벌이나 가지고 있어요. 돌아오면 이 옷을 바다에 던져버릴 거예요. 그러면 깨끗하게 빨아지겠지요?
이등항해사	[완강하게] 내려가는 계단이 별로 깨끗하지 않아요. 그리고 통로가 어두워요.
밀드레드	나는 반드시 이 드레스를 입고 갈 겁니다.
이등항해사	기분을 상하게 할 의도는 아닙니다. 제가 상관할 바는 아니죠. 단지 경고해드리기 위해서...
밀드레드	경고? 그 말 들으니 기분이 짜릿한데?
이등항해사	[안도의 한숨을 내쉬면서 갑판 아래쪽을 내려다본다] 사등항해사가 왔습니다. 우릴 기다리고 있습니다. 가시죠.
밀드레드	앞장서세요. 따라갈게요. [그가 간다. 밀드레드는 돌아서서 고모에게 비웃듯이 웃는다.] 얼간이긴 한데 잘생기고 남성다운 얼간이네요.
고모	[경멸적으로] 이 위선자야!
밀드레드	안녕히 계세요. 항해사가 통로가 어둡다고 하네요.
고모	[같은 어조로] 이 위선자야!
밀드레드	[분해서 입술을 깨물며] 맞아요. 하지만 나는 내 돈 수백만 달러가 빈혈증에 걸려 순결한 여성처럼 깨끗한 걸 원치 않아요.
고모	그래. 넌 틀림없이 위선 때문에 더글러스라는 이름을 시궁창에 처박고 말 거야.
밀드레드	그 이름은 시궁창 출신인걸요. 고모, 잘 지내요. 내가 화로에 빠지라고 너무 간절히 기도하진 마세요.
고모	이 위선자야!
밀드레드	[독하게] 늙은 마녀야! [고모의 빰을 세차게 후려갈기고 밝게 웃으며 나간다.]
고모	[뒤에 대고 소리 지른다.] 이 위선자야!
	막이 내린다.

53

SCENE III

SCENE—The stokehole. In the rear, the dimly-outlined bulks of the furnaces and boilers. High overhead one hanging electric bulb sheds just enough light through the murky air laden with coal dust to pile up masses of shadows everywhere. A line of men, stripped to the waist, is before the furnace doors. They bend over, looking neither to right nor left, handling their shovels as if they were part of their bodies, with a strange, awkward, swinging rhythm. They use the shovels to throw open the furnace doors. Then from these fiery round holes in the black a flood of terrific light and heat pours full upon the men who are outlined in silhouette in the crouching, inhuman attitudes of chained gorillas. The men shovel with a rhythmic motion, swinging as on a pivot from the coal which lies in heaps on the floor behind to hurl it into the flaming mouths before them. There is a tumult of noise— the brazen clang of the furnace doors as they are flung open or slammed shut, the grating, teeth-gritting grind of steel against steel,

3장

장면: 화부실. 뒤로 화로와 보일러의 희미한 윤곽들. 머리 위 높이 걸린 전구의 불빛이 석탄먼지 자욱한 탁한 공기를 통과하면서 사방에 그림자 덩어리를 만든다. 화로의 문 앞에 상반신을 벗은 남자들이 줄지어 있다. 그들은 허리를 굽힌 채 이상한, 어색한 리듬에 맞춰 전혀 고개를 돌리지 않고 삽질을 하는 것이, 마치 삽이 몸의 일부처럼 보인다. 그들은 삽을 이용해 화로의 문을 연다. 그 다음 어둠 속의 둥근 불구멍들로부터 강렬한 빛과 열의 홍수가 사슬에 묶인 고릴라들 같은 웅크린 야수 모습의 남자들 위로 쏟아진다. 남자들은 뒤쪽 바닥에 무더기로 쌓여있는 석탄을 그들 앞의 불타는 입 안에 던져 넣기 위해 마치 회전축 위에서 도는 것처럼 리드미컬하게 움직이며 삽질을 한다. 화로의 문이 여닫히며 나는 금속성 쨍 소리, 강철과 강철의 신경 거슬리는 삐걱 소리,

of crunching coal. This clash of sounds stuns one's ears with its rending dissonance. But there is order in it, rhythm, a mechanical regulated recurrence, a tempo. And rising above all, making the air hum with the quiver of liberated energy, the roar of leaping flames in the furnaces, the monotonous throbbing beat of the engines.

As the curtain rises, the furnace doors are shut. The men are taking a breathing spell. One or two are arranging the coal behind them, pulling it into more accessible heaps. The others can be dimly made out leaning on their shovels in relaxed attitudes of exhaustion.

PADDY   [From somewhere in the line – plaintively.] Yerra, will this divil's own watch nivir end? Me back is broke. I'm destroyed entirely.

YANK   [From the center of the line – with exuberant scorn.] Aw, yuh make me sick! Lie down and croak, why don't yuh? Always beefin',[51] dat's you! Say, dis is a cinch![52] Dis was made for me! It's my meat,[53] get me! [A whistle is blown – a thin, shrill note from somewhere overhead in the darkness. Yank curses without resentment.] Dere's de damn engineer crackin' de whip. He tinks we're loafin'.

PADDY   [Vindictively.] God stiffen him!

YANK   [In an exultant tone of command.] Come on, youse guys! Git into de game! She's gittin' hungry! Pile some grub in her! Trow it into her belly! Come on now, all of youse! Open her up! [At this last all the men, who have followed his movements of getting into position, throw open their furnace doors with a deafening clang. The fiery light floods over their shoulders as they bend round for the coal. Rivulets of sooty sweat have traced maps on their backs. The enlarged muscles form bunches of high light and shadow.]

석탄이 부서지는 소리 등 잡다한 소음이 들린다. 이러한 소음의 난무는 찢는 듯한 불협화음으로 귀를 먹먹하게 한다. 그러나 거기엔 리듬, 통제된 기계적 반복성, 템포, 즉 질서가 있다. 그리고 모든 소리를 지배하며 해방된 에너지의 떨림으로 공기를 울리게 만드는 것은 화로에서 타오르는 불꽃의 굉음소리, 엔진의 단조로운 고동소리이다.

막이 오르면서 화로의 문이 닫힌다. 남자들이 한숨을 돌린다. 한두 사람이 뒤편의 석탄을 정리하여 보다 작업하기 가까운 무더기로 만들어 놓는다. 다른 사람들은 지쳐서 삽에 기대어 쉬고 있는 자세로 희미하게 식별된다.

패디 [줄 어디에선가 구슬프게] 에고, 이놈의 악마 같은 작업시간 영원히 안 끝날 건가? 허리가 부러진 것 같아. 죽을 지경이야.

양크 [줄 한가운데서, 화통하게 비웃으며] 역겨운 인간 같으니! 차라리 자빠져 죽는 게 어때요? 당신은 맨날 찡찡거리잖아! 이 정도는 식은 죽 먹기지! 나는 이 일이 너무 좋아. 난 이 일이 자신 있거든! [머리 위 어둠 속 어디에선가 가늘고 날카로운 음의 호각소리가 울린다. 양크는 감정 없이 욕설을 한다.] 망할 놈의 항해사가 채찍을 휘두르는군! 우리가 빈둥거리는 줄 아나봐!

패디 [복수심에 불타는듯] 신이여 저놈을 저주하소서!

양크 [의기양양한 명령투로] 어이, 친구들! 작업을 시작하자. 아가씨 배가 고플 거야! 밥을 좀 먹이자. 뱃속에 음식을 던져. 자 모두 다 함께! 그녀의 입을 벌려라! [이 마지막 말과 함께 양크를 따라 작업동작을 취하는 사람들 모두 귀가 먹먹할 정도의 쾅 소리를 내며 화로의 문을 연다. 그들이 석탄을 향해 등을 구부리자 어깨 위로 불빛이 쏟아진다. 검정색 땀의 줄기가 그들의 등에 지도를 그린다. 부푼 근육이 밝은 빛과 그림자의 다발을 형성한다.]

---

51) beef=complain. 불평하다.
52) a cinch=an easy task. 쉬운 일.
53) meat=something that one enjoys, or excels in. 특기, 장기.

YANK [Chanting a count as he shovels without seeming effort.] One—
two—tree—[His voice rising exultantly in the joy of battle.]
Dat's de stuff! Let her have it! All togedder now!
Sling it into her! Let her ride! Shoot de piece now!
Call de toin on her![54] Drive her into it! Feel her move!
Watch her smoke! Speed, dat's her middle name!
Give her coal, youse guys! Coal, dat's her booze!
Drink it up, baby! Let's see yuh sprint! Dig in and
gain a lap! Dere she go-o-es [This last in the chanting
formula of the gallery gods at the six-day bike race. He slams his
furnace door shut. The others do likewise with as much unison as
their wearied bodies will permit. The effect is of one fiery eye after
another being blotted out with a series of accompanying bangs.]

PADDY [Groaning.] Me back is broke. I'm bate out—bate—
[There is a pause. Then the inexorable whistle sounds again
from the dim regions above the electric light. There is a growl of
cursing rage from all sides.]

YANK [Shaking his fist upward—contemptuously.] Take it easy
dere, you! Who d'yuh tinks runnin' dis game, me or
you? When I git ready, we move. Not before! When I
git ready, get me!

VOICES [Approvingly.] That's the stuff!
Yank tal him, py golly!
Yank ain't affeerd.
Goot poy, Yank!
Give him hell!
Tell 'im 'e's a bloody swine!
Bloody slave-driver!

양크   [힘을 들이지 않고 삽질을 하면서 박자를 맞춘다] 하나, 둘, 셋. [그의 목소리가 전투의 기쁨에 의기양양하게 올라간다.] 그렇지! 밥을 먹이자! 이제 다같이! 그녀의 안으로 던져라! 아가씨를 달리게 하자! 던져! 그녀의 차례다! 달리게 하자! 그녀의 움직임을 느껴봐! 연기를 봐! 그녀의 이름에 속도라는 말이 있어! 친구들, 그녀에게 석탄을 먹여! 석탄은 그녀의 술이다! 자기! 마셔! 자기가 달리는 걸 보자! 준비, 땅! 저기 아가씨가 달려간다! [이 마지막 외침은 6일 경륜에서 꼭대기 층 관객의 응원구호이다. 양크는 화로의 문을 쾅 하고 닫는다. 나머지 사람들도 그들의 지친 육신이 허락하는 대로 동시에 그렇게 한다. 그 효과는 타오르는 눈들이 쾅 소리와 함께 하나씩 캄캄하게 되는 것처럼 보인다.]

패디   [신음하며] 난 등뼈가 부러졌어. 나는 지쳤어. 지쳤어. [잠시 정적이 있다. 그리고 전등 위 희미한 곳으로부터 험악한 호각소리가 들린다. 사방에서 분노의 욕설이 터져 나온다.]

양크   [경멸하듯이 주먹을 높이 휘두르며] 어이 친구! 적당히 하시지! 자네는 여기서 주인공이 누구라고 생각하는 거야? 나야? 당신이야? 내가 준비되면 우리는 움직이는 거야. 그 전엔 안 돼! 내가 준비가 되면 말이야!

목소리들   [동의하면서] 맞아!

양크가 말했다!

양크는 두려워하지 않아!

양크, 멋져!

혼내주라구!

그 친구 빌어먹을 돼지 같은 놈이라고 불러!

더러운 노예감독놈!

---

54) toin=turn. call the turn on her=tell her what to do. 명령을 내려라.

YANK   [Contemptuously.] He ain't got no noive. He's yellow, get me? All de engineers is yellow. Dey got streaks a mile wide.[55] Aw, to hell wit him! Let's move, youse guys. We had a rest. Come on, she needs it! Give her pep![56] It ain't for him. Him and his whistle, dey don't belong. But we belong, see! We gotter feed de baby! Come on! [He turns and flings his furnace door open. They all follow his lead. At this instant the Second and Fourth Engineers enter from the darkness on the left with Mildred between them. She starts, turns paler, her pose is crumbling, she shivers with fright in spite of the blazing heat, but forces herself to leave the Engineers and take a few steps nearer the men. She is right behind Yank. All this happens quickly while the men have their backs turned.]

YANK   Come on, youse guys! [He is turning to get coal when the whistle sounds again in a peremptory, irritating note. This drives Yank into a sudden fury. While the other men have turned full around and stopped dumfounded by the spectacle of Mildred standing there in her white dress, Yank does not turn far enough to see her. Besides, his head is thrown back, he blinks upward through the murk trying to find the owner of the whistle, he brandishes his shovel murderously over his head in one hand, pounding on his chest, gorilla-like, with the other, shouting:] Toin off dat whistle! Come down outa dere, yuh yellow, brass-buttoned, Belfast bum,[57] yuh! Come down and I'll knock yer brains out! Yuh lousey, stinkin', yellow mut[58] of a Catholic-moiderin' bastard! Come down and I'll moider yuh!

양크   [경멸하듯] 그 치는 용기가 없어. 겁쟁이야, 알아? 항해사들 모두 겁쟁이라구. 그치들 온통 겁으로 가득 차 있어. 지옥에나 가라고 해! 자, 친구들, 일하자구. 쉬었잖아. 아가씨가 원하거든. 아가씨에게 밥을 줘야지! 항해사 때문이 아니야. 항해사와 그의 호각은 주인이 아냐. 우리가 주인이야. 우리가 아기를 먹여야 해! 이리와! [그는 돌아서서 화로문을 연다. 모두 그를 따라한다. 이 순간 이등항해사와 사등항해사가 어둠 속으로부터 밀드레드를 양쪽에서 호위하고 입장한다. 그녀는 놀라서 얼굴이 창백해지고, 자세가 흐트러지며 뜨거운 열에도 불구하고 공포로 몸을 떤다. 그러나 그녀는 억지로 항해사들을 뒤로 하고 화부들을 향하여 몇 걸음 걸어간다. 그녀는 바로 양크 뒤에 있다. 이 모든 것은 화부들이 뒤로 돌아 있는 동안 순식간에 일어난다.]

양크   자, 친구들! [그가 석탄을 푸기 위해 돌아설 때 호각이 다시 단호하고 짜증스럽게 울려 양크를 갑자기 화나게 한다. 다른 화부들이 완전히 돌아서서 흰 드레스 차림으로 서있는 밀드레드를 보고 놀라 멈추는데, 양크는 충분히 돌아서지 않아 그녀를 보지 못한다. 게다가 양크는 머리를 뒤로 젖히고 호각소리의 주인을 찾기 위해 어둠을 향해 눈을 끔벅거린다. 한 손으로는 머리 위로 삽을 들어 험악하게 흔들고, 다른 손으로는 고릴라처럼 가슴을 두드리며 소리를 지른다.] 호각 그만 불어! 거기서 내려와, 이 제복 입은 겁쟁이 아일랜드 건달아! 골통을 날려버릴 테다! 이 더럽고 냄새나는 겁쟁이 똥개 같은 천주교신자 박해범아! 내려와! 죽일 테다!

---

55) a yellow streak=a tendency toward cowardice. If someone has a yellow streak on their back, that means he or she is a coward. 겁이 많은 사람의 등에 노란 줄을 쳤던 옛날 풍습에 근거한 말. streaks a mile wide란 아주 겁이 많다는 뜻.

56) pep=energy. 에너지, 힘.

57) Belfast bum=부랑자.

58) mut=mutt. 잡종개.

Pullin' dat whistle on me, huh? I'll show yuh! I'll crash yer skull in! I'll drive yer teet' down yer troat! I'll slam yer nose trou de back of yer head! I'll cut yer guts out for a nickel, yuh lousey boob, yuh dirty, crummy, muck-eatin' son of a—

[Suddenly he becomes conscious of all the other men staring at something directly behind his back. He whirls defensively with a snarling, murderous growl, crouching to spring, his lips drawn back o'ver his teeth, his small eyes gleaming ferociously. He sees Mildred, like a white apparition in the full light from the open furnace doors. He glares into her eyes, turned to stone. As for her, during his speech she has listened, paralyzed with horror, terror, her whole personality crushed, beaten in, collapsed, by the terrific impact of this unknown, abysmal brutality, naked and shameless. As she looks at his gorilla face, as his eyes bore into hers, she utters a low, choking cry and shrinks away from him, putting both hands up before her eyes to shut out the sight of his face, to protect her own. This startles Yank to a reaction. His mouth falls open, his eyes grow bewildered.]

MILDRED   [About to faint—to the Engineers, who now have her one by each arm—whimperingly.] Take me away! Oh, the filthy beast!

[She faints. They carry her quickly back, disappearing in the darkness at the left, rear. An iron door clangs shut. Rage and bewildered fury rush back on Yank. He feels himself insulted in some unknown fashion in the very heart of his pride. He roars:]

나한테 호각을 부는 거야! 맛을 보여주지! 대가리를 날려버릴 거
야! 목구멍으로 이빨을 삼키게 해줄 테다! 네 코가 머리 뒤통수에
붙게 해줄 거야! 십 센트만 준다면 너의 내장을 꺼낼 수도 있어,
이 멍청이, 더러운 얼간이 똥개야―

[갑자기 양크는 다른 사람들이 자신의 바로 등 뒤의 무언가를 쳐다보고 있다
는 것을 의식한다. 그는 방어하려는 듯 살인적인 포효를 하며 돌아서서 공격
하기 위해 웅크린다. 그의 입술은 치아를 드러낼 정도로 벌어져 있고, 작은
눈은 사납게 빛난다. 그는 열린 화로의 문에서 나오는 빛을 가득 받은, 흰색
유령처럼 생긴 밀드레드를 본다. 그는 돌기둥이 되어버린 그녀의 눈을 들여다
본다. 양크가 말을 하는 동안 밀드레드는 공포와 전율로 마비된 채 듣고 있었
고, 부끄러움 없이 벌거벗은 이 미지의 심연 같은 야수성의 끔찍한 충격에 의
해 그녀의 인격전체가 부서지고 파괴되고 무너진다. 밀드레드는 고릴라 같은
얼굴의 양크가 자신의 눈을 들여다보는 것을 보고 낮게 숨가쁜 비명을 지른
후, 그의 얼굴을 보지 않고 또 자신의 얼굴을 보호하기 위해 두 손으로 눈을
가리며 몸을 움츠린다. 그러자 양크도 충격을 받는다. 그의 입이 벌어지고,
눈은 어리둥절해 한다.]

밀드레드   [기절하기 일보직전. 그녀의 양팔을 잡고 있는 항해사들에게 애원하듯이] 날
데려가줘요! 아, 더러운 짐승!

[그녀는 기절한다. 항해사들은 신속하게 그녀를 데리고 나가 왼쪽 뒤 어둠 속
으로 사라진다. 철문이 쾅 하고 닫힌다. 당혹한 분노가 양크에게 몰려온다.
양크는 뭔지 모르지만 자존심의 중심이 모욕을 당했다는 느낌을 받는다.]

YANK God damn yuh! [And hurls his shovel after them at the door which has just closed. It hits the steel bulkhead with a clang and falls clattering on the steel floor. From overhead the whistle sounds again in a long, angry, insistent command.]

[Curtain]

양크 이런 저주받을! [그리고 그들이 나가고 막 닫힌 문을 향해 삽을 집어던진다. 삽은 쾅 소리와 함께 칸막이벽에 부딪히고 강철바닥에 소리를 내며 떨어진다. 위로부터 호각소리가 다시 길고 화가 난 집요한 명령조로 울린다.]

막이 내린다.

SCENE IV

SCENE—The firemen's forecastle. Yank's watch has just come off duty and had dinner. Their faces and bodies shine from a soap and water scrubbing but around their eyes, where a hasty dousing[59] does not touch, the coal dust sticks like black make-up, giving them a queer, sinister expression. Yank has not washed either face or body. He stands out in contrast to them, a blackened, brooding figure. He is seated forward on a bench in the exact attitude of Rodin's "The Thinker." The others, most of them smoking pipes, are staring at Yank half-apprehensively, as if fearing an outburst; half-amusedly, as if they saw a joke somewhere that tickled them.

VOICES   He ain't ate nothin'.
         Py golly,[60] a fallar gat to gat grub in him.
         Divil a lie.

4장

장면: 화부들 선실. 양크의 작업시간이 끝났고, 막 저녁식사를 마쳤다. 비누샤워 후 그들의 얼굴과 몸은 빛난다. 그러나 성급하게 씻은 탓에 석탄먼지가 눈 주위에 검정색 화장처럼 남아 표정이 기이하고 기괴해 보인다. 양크는 얼굴도 몸도 씻지 않았다. 그의 사색 중의 새카만 형체는 다른 화부들과 대조적으로 눈에 띈다. 그는 로댕의 "생각하는 사람"과 똑같은 모습으로 무대 앞 벤치에 앉아있다. 대부분 파이프를 피우고 있는 다른 화부들은 절반은 마치 폭발을 두려운 것처럼 걱정스럽게, 그리고 절반은 재미난 장난거리를 보는 것처럼 흥미롭게 양크를 바라본다.

목소리들   저 친구 아무것도 먹지 않았어.

누군가가 먹을 것 좀 갖다 줘야 해.

거짓말이야.

---

59) dousing=submersion, immersion. 물에 담금.
60) py golly=가벼운 놀람, 경이감을 나타내는 감탄사.

Yank feeda da fire, no feeda da face.

Ha-ha.

He ain't even washed hisself.

He's forgot.

Hey, Yank, you forgot to wash.

YANK [Sullenly.] Forgot nothin'! To hell wit washin'.

VOICES It'll stick to you.

It'll get under your skin.

Give yer the bleedin' itch, that's wot.

It makes spots on you—like a leopard.

Like a piebald nigger, you mean.

Better wash up, Yank.

You sleep better.

Wash up, Yank.

Wash up! Wash up!

YANK [Resentfully.] Aw say, youse guys. Lemme alone. Can't youse see I'm tryin' to tink?

ALL [Repeating the word after him as one with cynical mockery.] Think! [The word has a brazen, metallic quality as if their throats were phonograph horns. It is followed by a chorus of hard, barking laughter.]

YANK [Springing to his feet and glaring at them belligerently.] Yes, tink! Tink, dat's what I said! What about it? [They are silent, puzzled by his sudden resentment at what used to be one of his jokes. Yank sits down again in the same attitude of "The Thinker."]

불에는 먹이를 주고 자기에겐 먹이를 안주네.

하하.

씻지도 않았어.

잊어버렸어.

어이, 양크! 씻는 거 잊어버렸군!

양크   [뚱해서] 잊어버린 거 없어. 씻기 싫어!

목소리들   살에 붙을 거야.

살 속에 파고들 텐데.

더럽게 가려워진다니까.

몸에 점이 생겨, 표범처럼.

얼룩덜룩한 검둥이처럼 말이지?

양크, 씻는 게 좋을 거야.

잠이 잘 온다구.

양크, 씻어!

씻어! 씻어!

양크   [짜증스럽게] 아 참 내! 나를 내버려둬! 생각 좀 하려고 하는 거 안
보여?

모두   [일제히 차갑게 비웃듯이 양크의 말을 따라한다.] 생각한다! [마치 그들의
목이 축음기 스피커인 것처럼 그들의 목소리에서 황동의 금속성 소리가 난다.
그 말에 이어 단단한, 개가 짖는 듯한 웃음의 합창이 들린다.]

양크   [벌떡 일어서서 싸울 듯 그들을 노려본다.] 그래, 생각한다! 생각한다고
말했어! 그게 어쨌다는 거지? [화부들은 자기가 잘 쓰던 농담 중 하나에
양크가 돌연 화를 내는 것에 당황하여 조용하다. 양크는 다시 "생각하는 사
람"의 자세로 앉는다.]

VOICES	Leave him alone.
	He's got a grouch on.[61]
	Why wouldn't he?
PADDY	[With a wink at the others.] Sure I know what's the matther. 'Tis aisy to see. He's fallen in love, I'm telling you.
ALL	[Repeating the word after him as one with cynical mockery.] Love! [The word has a brazen, metallic quality as if their throats were phonograph horns. It is followed by a chorus of hard, barking laughter.]
YANK	[With a contemptuous snort.] Love, hell! Hate, dat's what. I've fallen in hate, get me?
PADDY	[Philosophically] 'Twould take a wise man to tell one from the other. [With a bitter, ironical scorn, increasing as he goes on.] But I'm telling you it's love that's in it. Sure what else but love for us poor bastes in the stokehole would be bringing a fine lady, dressed like a white quane, down a mile of ladders and steps to be havin' a look at us? [A growl of anger goes up from all sides.]
LONG	[Jumping on a bench—hecticly] Hinsultin' us! Hinsultin' us, the bloody cow![62] And them bloody engineers! What right 'as they got to be exhibitin' us 's if we was bleedin' monkeys in a menagerie? Did we sign for hinsults to our dignity as 'onest workers? Is that in the ship's articles? You kin bloody well bet it ain't! But I knows why they done it. I arsked a deck steward 'o she was and 'e told me.

목소리들	내버려둬.
	심통이 났나봐.
	왜 안 나겠어?
패디	[다른 화부들에게 윙크를 하며] 난 뭣 때문에 그러는 줄 알지. 보나마나야. 사랑에 빠졌어, 난 알아.
모두	[일제히 차갑게 비웃듯이 양크의 말을 따라한다.] 사랑! [마치 그들의 목이 축음기 스피커인 것처럼 그들의 목소리에 황동의 금속성 소리가 난다. 그 말에 이어 단단한, 개가 짖는 듯한 웃음의 합창이 들린다.]
양크	[경멸스러운 비웃음을 웃으며(경멸스럽게 비웃으며??)] 사랑이라구! 오히려 증오야! 난 증오에 빠졌어, 알아?
패디	[철학적으로] 현명한 사람은 사랑과 증오를 구별할 수 있지. [씁쓸하고 반어적인 비웃음이 갈수록 증가한다.] 말해줄까? 그 안에 있는 건 사랑이야. 당연히 화부실의 가련한 짐승 같은 우리들에 대한 사랑이 아니라면 무엇 때문에 순백의 여왕 복장을 한 아름다운 여성이 우리를 보려고 1마일이나 되는 계단과 사다리를 타고 내려왔겠어? [사방에서 분노의 고함소리가 나온다.]
롱	[벤치에 올라가 흥분해서] 그 빌어먹을 여자가 우리를 모욕한 거야. 모욕한 거라구. 그리고 그 빌어먹을 항해사들도! 자기들이 무슨 권리로 우리를 동물원 원숭이처럼 보여주는 거야? 당당한 노동자인 우리의 존엄성을 모욕해도 좋다고 우리가 서명한 적이 있나? 그게 배의 규정에 있나? 장담하건대 분명히 없어! 그 치들이 왜 그랬는지 난 알아! 내가 갑판 승무원에게 그 여자가 누군지 물었더니 말해주더군.

---

61) got a grouch on=is in a sulky or irritable mood. 기분이 찌뿌둥하다.
62) cow=unpleasant woman. 기분 나쁜 여자.

'Er old man's a bleedin' millionaire, a bloody Capitalist! 'E's got enuf bloody gold to sink this bleedin' ship! 'E makes arf the bloody steel in the world! 'E owns this bloody boat! And you and me, comrades, we're 'is slaves! And the skipper and mates and engineers, they're 'is slaves! And she's 'is bloody daughter and we're all 'er slaves, too! And she gives 'er orders as 'ow she wants to see the bloody animals below decks and down they takes 'er! [There is a roar of rage from all sides.]

YANK   [Blinking at him bewilderedly.] Say! Wait a moment! Is all dat straight goods?

LONG   Straight as string! The bleedin' steward as waits on 'em, 'e told me about 'er. And what're we goin' ter do, I arsks yer? 'Ave we got ter swaller 'er hinsults like dogs? It ain't in the ship's articles. I tell yer we got a case. We kin go ter law—

YANK   [With abysmal contempt.] Hell! Law!

ALL   [Repeating the word after him as one with cynical mockery.] Law! [The word has a brazen metallic quality as if their throats were phonograph horns. It is followed by a chorus of hard, barking laughter.]

LONG   [Feeling the ground slipping from under his feet—desperately.] As voters and citizens we kin force the bloody governments—

YANK   [With abysmal contempt.] Hell! Governments!

그 여자 아버지가 어마어마한 백만장자야. 골수 자본주의자야! 이 배가 가라앉아도 끄떡없을 만큼의 황금을 가지고 있대. 전 세계 강철의 절반을 생산한다더군. 그가 이놈의 배 주인이야. 그리고 동지들! 나와 자네, 우리들은 그의 노예들이야! 그리고 선장, 선원, 항해사들도 모두 그의 노예들이야! 그 여자는 그의 딸이니 우린 또한 그녀의 노예들이지. 그 여자가 갑판 밑의 짐승들을 보고 싶다고 명령을 내리면 그 치들이 그녀를 데리고 내려오는 거야! [사방에서 분노의 함성이 나온다.]

양크 [혼란스럽다는듯 눈을 깜빡이며 바라본다] 이봐, 잠깐만! 그게 모두 사실이야?

롱 틀림없다니까. 그 여자를 시중드는 승무원이 그 여자에 관해 말해주었어. 자네들에게 묻고 싶어. 이제 우린 어떻게 하지? 모욕을 개처럼 삼켜야만 하나? 그건 배의 규정에 없어. 내가 말하건대 이건 투쟁거리야. 법정에 갈 수도 있어.

양크 [극도로 경멸하며] 말도 안 되는 소리! 법!

모두 [일제히 차갑게 비웃듯이 양크의 말을 따라한다.] 법! [마치 그들의 목이 축음기 스피커인 것처럼 그들의 목소리에 황동의 금속성 소리가 난다. 그 말에 이어 단단한, 개가 짖는 듯한 웃음의 합창이 들린다.]

롱 [발밑에서 땅이 꺼지는 기분을 느끼며 필사적으로] 시민으로, 유권자로 우리는 정부에 압력을 넣어서...

양크 [극도로 경멸하며] 말도 안 되는 소리! 정부!

ALL	[Repeating the word after him as one with cynical mockery.] Governments! [The word has a brazen metallic quality as if their throats were phonograph horns. It is followed by a chorus of hard, barking laughter.]
LONG	[Hysterically.] We're free and equal in the sight of God—
YANK	[With abysmal contempt.] Hell! God!
ALL	[Repeating the word after him as one with cynical mockery.] God! [The word has a brazen metallic quality as if their throats were phonograph horns. It is followed by a chorus of hard, barking laughter.]
YANK	[Witheringly.] Aw, join de Salvation Army!
ALL	Sit down! Shut up! Damn fool! Sea-lawyer![63] [Long slinks back out of sight.]
PADDY	[Continuing the trend of his thoughts as if he had never been interrupted—bitterly.] And there she was standing behind us, and the Second pointing at us like a man you'd hear in a circus would be saying: In this cage is a queerer kind of baboon than ever you'd find in darkest Africy. We roast them in their own sweat—and be damned if you won't hear some of thim saying they like it! [He glances scornfully at Yank.]
YANK	[With a bewildered uncertain growl.] Aw!
PADDY	And there was Yank roarin' curses and turning round wid his shovel to brain her—and she looked at him, and him at her—
YANK	[Slowly.] She was all white. I tought she was a ghost. Sure.

모두	[일제히 차갑게 비웃듯이 양크의 말을 따라한다.] 정부! [마치 그들의 목이 축음기 스피커인 것처럼 그들의 목소리에 황동의 금속성 소리가 난다. 그 말에 이어 단단한, 개가 짖는 듯한 웃음의 합창이 들린다.]
롱	[신경질적으로] 우리는 신 앞에서 자유롭고 평등한 거야.
양크	말도 안 되는 소리! 신!
모두	[일제히 차갑게 비웃듯이 양크의 말을 따라한다.] 신! [마치 그들의 목이 축음기 스피커인 것처럼 그들의 목소리에 황동의 금속성 소리가 난다. 그 말에 이어 단단한, 개가 짖는 듯한 웃음의 합창이 들린다.]
양크	[위압적으로] 구세군에 들어가지 그래!
모두	앉아! 닥쳐! 바보 같으니라구! 트집쟁이 선원아! [롱은 슬그머니 뒤로 사라진다.]
패디	[내내 생각을 하고 있었던 것처럼 생각의 흐름을 계속 이어가며, 쓸쓸하게] 우리 뒤에 그녀가 서 있었지. 이등항해사는 서커스 단원처럼 우리를 가리키고 있었어. "이 동물우리 안에는 가장 원시의 아프리카의 어떤 동물보다도 더 희한한 종류의 원숭이가 있습니다. 우리는 그것들을 그들의 땀으로 튀기죠. 장담컨대 그들 중 어떤 원숭이는 그걸 좋아한다고 말하기도 해요." [양크를 경멸하듯 흘끔 바라본다.]
양크	[당황한, 불확실한 신음소리를 지른다.] 음!
패디	양크가 욕설을 하며 돌아서서 그 여자의 머리를 삽으로 내려치려 했지. 그리고 그가 그녀를 보자 그녀는 그를 보았어.
양크	[천천히] 그녀는 완전히 백색이었어. 유령인줄 알았어. 분명히.

---

63) sea-lawyer=contentious seaman. 트집쟁이 선원.

PADDY   [With heavy, biting sarcasm.] 'Twas love at first sight, divil a doubt of it![64] If you'd seen the endearin' look on her pale mug when she shrivelled away with her hands over her eyes to shut out the sight of him! Sure, 'twas as if she'd seen a great hairy ape escaped from the Zoo!

YANK   [Stung—with a growl of rage.] Aw!

PADDY   And the loving way Yank heaved his shovel at the skull of her, only she was out the door! [A grin breaking over his face.] 'Twas touching, I'm telling you! It put the touch of home, swate home in the stokehole. [There is a roar of laughter from all.]

YANK   [Glaring at Paddy menacingly.] Aw, choke dat off, see!

PADDY   [Not heeding him—to the others.] And her grabbin' at the Second's arm for protection. [With a grotesque imitation of a woman's voice.] Kiss me, Engineer dear, for it's dark down here and me old man's in Wall Street making money! Hug me tight, darlin', for I'm afeerd in the dark and me mother's on deck makin' eyes at[65] the skipper! [Another roar of laughter.]

YANK   [Threateningly.] Say! What yuh tryin' to do, kid me, yuh old Harp?

PADDY   Divil a bit! Ain't I wishin' myself you'd brained[66] her?

패디   [무거운, 신랄한 비웃음과 함께] 틀림없이 첫눈에 반했어. 틀림없어.
그녀가 양크를 보지 않으려고 두 눈을 가리고 움츠러들었을 때
그녀의 창백한 얼굴에서 애정 어린 표정을 자네들이 보았더라면
좋았을걸! 맞아, 그녀는 마치 동물원에서 탈출한 거대한 털북숭
이 원숭이를 보는 것 같은 표정이었어.

양크   [마음이 찔려서, 분노의 신음과 함께] 아!

패디   그리고 그가 그녀의 머리 위로 삽을 들어 올렸을 때 연인 같았어!
그런데 그녀는 이미 나가버렸지. [미소가 얼굴에 퍼진다.] 내 말을 믿
어, 감동적이었어. 그것으로 화부실에 화목한 가정의 분위기를
주었지. [모두 큰소리로 웃는다.]

양크   [패디를 험악하게 노려보며] 그만 닥쳐!

패디   [양크에게 신경 쓰지 않고 다른 사람들에게] 그 여자는 무서워서 이등항
해사의 팔을 잡았지! [여성의 목소리를 희한하게 흉내 내며] 항해사님!
키스해줘요! 여기는 어둡고 우리 아버지는 월가에서 돈을 벌고
있어요. 꼭 껴안아주세요, 자기! 여기는 무섭고 우리 엄마는 갑판
에서 선장에게 추파를 던지고 있어요. [또 한 번의 큰 웃음]

양크   [험악하게] 지금 뭐하는 거야? 이 늙은 허풍쟁이야! 나를 가지고
노는 거야?

패디   전혀 아닌데. 난 자네가 그 여자 머리를 내려치기를 바랐다고 하
지 않았나?

---

64) divil a doubt of it=no doubt about it. 의심의 여지가 없다.
65) making eyes at=give someone a sexually inviting look. 추파를 던지다.
66) brain=to hit someone in the head. 머리를 때리다.

YANK [Fiercely.] I'll brain her! I'll brain her yet, wait 'n' see! [Coming over to Paddy–slowly.] Say, is dat what she called me—a hairy ape?

PADDY She looked it at you if she didn't say the word itself.

YANK [Grinning horribly.] Hairy ape, huh? Sure! Dat's de way she looked at me, aw right. Hairy ape! So dat's me, huh? [Bursting into rage—as if she were still in front of him.] Yuh skinny tart! Yuh white-faced bum, yuh! I'll show yuh who's a ape! [Turning to the others, bewilderment seizing him again.] Say, youse guys. I was bawlin' him out for pullin' de whistle on us. You heard me. And den I seen youse lookin' at somep'n and I tought he'd sneaked down to come up in back of me, and I hopped round to knock him dead wit de shovel. And dere she was wit de light on her! Christ, yuh coulda pushed me over with a finger! I was scared, get me? Sure! I tought she was a ghost, see? She was all in white like dey wrap around stiffs. You seen her. Kin yuh blame me? She didn't belong, dat's what. And den when I come to and seen it was a real skoit and seen de way she was lookin' at me—like Paddy said—Christ, I was sore, get me? I don't stand for dat stuff from nobody. And I flung de shovel—on'y she'd beat it. [Furiously.] I wished it'd banged her! I wished it'd knocked her block off!

양크   [사납게] 그 여자 머리를 내리쳐버릴 거야. 머리를 내리쳐버릴 거야! 두고 보라구! [패디에게 다가와, 천천히] 그 여자가 나를 그렇게 불렀어? 털북숭이 원숭이라고?

패디   그 여자가 그렇게 말하지 않았다 하더라도 그런 눈으로 자네를 쳐다보았지!

양크   [험악하게 웃으며] 털북숭이 원숭이? 그래. 그런 눈으로 나를 쳐다봤단 말이지, 좋아. 털북숭이 원숭이. 그러니까 내가 털북숭이 원숭이라구? [마치 아직도 그녀가 바로 앞에 있는 것처럼 분통을 터뜨리며] 야, 이 말라깽이 년아! 야, 이 하얀 얼굴의 매춘부야! 누가 원숭이인지 보여줄 테다! [다시 혼란에 빠져서 다른 화부들을 향하여 돌아선다.] 이봐 자네들. 나는 항해사가 우리에게 호각을 분다고 고함을 쳤지. 자네들이 들었잖아. 그리고 나는 자네들이 내 뒤의 뭔가를 보는 걸 알았고, 그 치가 내려와서 몰래 내 뒤로 온 거라고 생각하고 잽싸게 돌아서서 삽으로 쳐 죽이려고 했어. 그런데 그 여자가 조명을 받고 있더군. 자네들이 손가락으로 나를 건드리기만 했어도 뒤로 넘어갔을 거야. 무서웠어, 알아? 맞아! 유령인줄 알았다구. 그 여자는 시체를 싸는 수의처럼 완전히 백색의상을 둘렀더라구. 자네들 보았지? 내 말이 틀렸나? 그 여자 송장이었어. 내가 정신을 차리고 그녀가 진짜 여자라는 걸 깨닫고, 또 그 여자가 나를 쳐다보는데, 패디 말처럼, 마음이 아팠어, 이해해? 난 누구에게서도 그런 대접은 참지 못해. 나는 삽을 집어던졌어. 그녀는 이미 도망가버렸지. [분노에 차서] 삽이 명중했더라면 좋았을 것을. 그녀의 머리를 날려버리지 못한 것이 아쉬웠어!

LONG   And be 'anged for murder or 'lectrocuted?[67] She ain't bleedin'[68] well worth it.

YANK   I don't give a damn what! I'd be square wit[69] her, wouldn't I? Tink I wanter let her put somep'n over on me? Tink I'm goin' to let her git away wit dat stuff? Yuh don't know me! No one ain't never put nothin' over on me[70] and got away wit it, see!—not dat kind of stuff—no guy and no skoit neither! I'll fix her! Maybe she'll come down again—

VOICE   No chance, Yank. You scared her out of a year's growth.

YANK   I scared her? Why de hell should I scare her? Who de hell is she? Ain't she de same as me? Hairy ape, huh? [With his old confident bravado.] I'll show her I'm better'n her, if she on'y knew it. I belong and she don't, see! I move and she's dead! Twenty-five knots a hour, dats me! Dat carries her but I make dat. She's on'y baggage. Sure! [Again bewilderedly.] But, Christ, she was funny lookin'! Did yuh pipe her hands? White and skinny. Yuh could see de bones trough 'em. And her mush, dat was dead white, too. And her eyes, dey was like dey'd seen a ghost. Me, dat was! Sure! Hairy ape! Ghost, huh? Look at dat arm!

롱	그래서 살인죄로 교수형이나 전기의자에 앉으려고? 그 여자는 그럴만한 가치가 없어!
양크	어떻게 되든 상관없어. 난 그 여자에게 복수를 할 거야. 그 여자가 나를 바보로 만드는 걸 내가 좋아할 거 같아? 그러고도 적당히 넘어가도록 내버려둘 거라고 생각하나? 당신 날 잘못 본 거야. 어느 누구도 나를 속이고 적당히 넘어간 적이 없어. 그렇겐 안 돼, 여자건 남자건. 본때를 보여줄 거야. 아마 또 내려오겠지.
목소리	그런 일은 없을 거야. 자네가 놀라게 해서 그 여자는 아마 1년 동안은 악몽을 꿀걸.
양크	내가 놀라게 했다구? 내가 도대체 왜 그 여자를 놀라게 했다는 거지? 그 여자가 뭐길래? 그 여자는 나랑 똑같은 사람 아닌가? 털북숭이 원숭이라구? [타고난 허장성세로] 알릴 방법이 있다면 내가 그 여자보다 더 낫다는 걸 보여줄 거야. 내가 진짜라구. 그 여자는 가짜야. 난 움직여. 그 여잔 죽었어. 시속 25노트, 그게 나라구. 그 속도로 그 여자가 여행을 하지. 그러나 그 여행은 내가 운행한다. 그 여자는 집짝일 뿐이야. 아무렴. [다시 혼란에 빠진 듯] 그런데 그 여자 이상한 모습이었어. 그 여자 손을 보았나? 하얗고 앙상해. 뼈가 비쳐 보이던데. 그리고 얼굴도 백짓장처럼 하얀색이었어. 그리고 눈은 마치 유령을 본 것 같은 표정이었어. 나를 말이야! 좋아! 털북숭이 원숭이! 유령? 이 팔을 좀 보라구!

---

67) 'lectrocuted=electrocuted. 전기의자에서 사형을 당하다.

68) bleeding=very, quite. 썩, 아주.

69) square with=on equal terms. 복수하다.

70) put something over someone=to deceive, cheat. 속이다, 사기치다.

[He extends his right arm, swelling out the great muscles.] I coulda took her wit dat, wit' just my little finger even, and broke her in two. [Again bewilderedly.] Say, who is dat skoit, huh? What is she? What's she come from? Who made her? Who give her de noive to look at me like dat? Dis ting's got my goat right.[71] I don't get her. She's new to me. What does a skoit like her mean, huh? She don't belong, get me! I can't see her. [With growing anger.] But one ting I'm wise to, aw right, aw right! Youse all kin bet your shoits I'll git even wit her. I'll show her if she tinks she—She grinds de organ and I'm on de string, huh? I'll fix her! Let her come down again and I'll fling her in de furnace! She'll move den! She won't shiver at nothin', den! Speed, dat'll be her! She'll belong den! [He grins horribly.]

PADDY   She'll never come. She's had her belly-full, I'm telling you. She'll be in bed now, I'm thinking, wid ten doctors and nurses feedin' her salts[72] to clean the fear out of her.

YANK   [Enraged.] Yuh tink I made her sick, too, do yuh? Just lookin' at me, huh? Hairy ape, huh? [In a frenzy of rage.] I'll fix her! I'll tell her where to git off! She'll git down on her knees and take it back or I'll bust de face offen her! [Shaking one fist upward and beating on his chest with the other.] I'll find yuh! I'm comin', d'yuh hear? I'll fix yuh, God damn yuh! [He makes a rush for the door.]

[그가 오른팔을 뻗자 울퉁불퉁한 근육이 드러난다.] 팔로 그 여자를 잡아서, 아니 내 새끼손가락만으로도 두 동강을 냈을 거야. [다시 혼란스러운지] 그런데 그 여자 정체가 뭐야? 뭐하는데? 출신 배경이 어디지? 누가 그 여자를 만들었어? 누구 허락 받고 감히 나를 그따위로 쳐다보는 거지? 꼭지가 확 돌더군. 알 수 없는 여자야. 처음 보는 여자니까. 그런 여자의 의미는 도대체 뭘까? 장담하건대 그 여자는 가짜야. 내 눈엔 그 여자가 안 보여. [더 화가 나서] 하지만 한 가지는 확신해. 정말이야. 정말이야. 내기를 해도 좋아. 반드시 복수를 할 거야. 보여줄 거야 그 여자가 나를 가지고―. 그 여자가 연주를 하면 나는 춤을 춘다고? 본때를 보여줄 거야. 한 번만 더 내려와 봐. 화로 속에 처넣어버릴 거야! 그러면 그 여자는 움직이겠지. 그땐 춥다고 떨지 않을 거야! 속도! 그녀는 속도가 될 거야. 그럼 우리와 하나가 되는 거지. [험악하게 웃는다.]

패디 다시는 오지 않을걸. 내 말 듣게, 그 여자 엄청 쇼크 받았어. 아마 지금 침상에 누워있고, 공포증을 치료하기 위해 열 명의 의사와 간호사들이 그녀에게 냄새 맡는 소금을 주고 있을걸.

양크 [화가 나서] 당신도 나 때문에 그 여자가 앓아누웠다고 생각해? 날 쳐다보는 것만으로도, 엉? 털북숭이 원숭이를, 엉? [분노를 터뜨리며] 본때를 보여줄 거야! 허튼수작 못하게 해야지. 무릎을 꿇고 사과하지 않으면 면상을 날려버릴 거야! [한 손으로 주먹을 들어 흔들며 다른 한 손으로 가슴을 친다.] 너를 찾아내고 말거야! 내가 간다, 듣고 있나? 너에게 뭔가를 보여줄 거야, 저주받을! [문으로 달려간다.]

---

71) get my goat=irritate. 화나게 하다.
72) salts=smelling salt. 의식이 희미해지는 권투선수나 다른 운동선수들에게 냄새를 맡게 하여 정신을 차리게 하는 일종의 냄새나는 소금.

VOICES	Stop him!
	He'll get shot!
	He'll murder her!
	Trip him up!
	Hold him!
	He's gone crazy!
	Gott, he's strong!
	Hold him down!
	Look out for a kick!
	Pin his arms!

[They have all piled on him and, after a fierce struggle, by sheer weight of numbers have borne him to the floor just inside the door.]

PADDY   [Who has remained detached.] Kape him down till he's cooled off. [Scornfully.] Yerra, Yank, you're a great fool. Is it payin' attention at all you are to the like of that skinny sow widout one drop of rale blood in her?

YANK   [Frenziedly, from the bottom of the heap.] She done me doit! She done me doit, didn't she? I'll git square wit her! I'll get her some way! Git offen me, youse guys! Lemme up! I'll show her who's a ape!

[Curtain]

목소리들   붙잡아!

총 맞을 텐데!

그가 그 여자를 죽일 거야!

넘어뜨려!

붙잡아!

발광한다!

맙소사, 힘이 세네.

꽉 붙잡고 있어!

걷어차니까 조심해!

팔을 꺾어!

[화부들이 전부 양크 위에 올라탔고, 격렬한 저항이 지난 후 숫자의 무게로 양크를 문턱 바로 안 바닥에 눕혔다.]

패디   [멀찍이 떨어져 있었다.] 진정될 때까지 누르고 있어. [경멸적으로] 양크. 자넨 엄청난 바보야. 피라곤 한 방울도 없는 말라깽이 암돼지 같은 그런 여자에게 관심이 있다는 건가?

양크   [광적으로 절규하듯] 그 여자 나를 모욕했어. 나를 모욕했어, 그렇잖아? 복수할 거야. 어떻게 해서든지 그 여자를 붙잡고 말거야. 다들 비켜! 일어나게! 누가 원숭이인지 보여줄 거야.

막이 내린다.

SCENE V

SCENE—Three weeks later. A corner of Fifth Avenue in the Fifties on a fine, Sunday morning. A general atmosphere of clean, well-tidied, wide street; a flood of mellow, tempered sunshine; gentle, genteel breezes. In the rear, the show windows of two shops, a jewelry establishment on the corner, a furrier's next to it. Here the adornments of extreme wealth are tantalizingly displayed. The jeweler's window is gaudy with glittering diamonds, emeralds, rubies, pearls, etc., fashioned in ornate tiaras, crowns, necklaces, collars, etc. From each piece hangs an enormous tag from which a dollar sign and numerals in intermittent electric lights wink out the incredible prices. The same in the furrier's. Rich furs of all varieties hang there bathed in a downpour of artificial light. The general effect is of a background of magnificence cheapened and made grotesque by commercialism, a background in tawdry disharmony with the clear light and sunshine on the street itself.

5장

장면: 3주 후. 화창한 일요일 아침 맨해튼 5번가의 한 모퉁이. 깨끗하고 잘 정돈된 거리의 일반적인 분위기. 따뜻한 햇볕과 부드러운 산들바람. 뒤로 두 개의 상점의 쇼윈도, 즉 모퉁이에 보석상이 있고 그 옆에 모피점이 있다. 여기에 극단적 부유함의 장식물들이 탐스럽게 진열되어 있다. 보석상의 진열장은 뻔쩍이는 머리장식, 왕관, 목걸이에 박아 넣은 다이아몬드, 에메랄드, 루비, 진주 등으로 화려하다. 제품마다 아주 커다란 가격표가 매달려 있고 그 위에 쓴 달러표시와 엄청난 가격의 숫자가 전등불로 가끔씩 깜빡거린다. 모피점도 마찬가지다. 각종 고급모피가 인공조명의 세례를 받으며 걸려 있다. 전반적 효과는 장엄함의 배경이 상업주의에 의해 천박하고 기괴해진 광경이며, 거리의 맑은 빛, 그리고 햇빛과 어울리지 않는 저급한 부조화의 배경이다.

무대 뒤편 골목으로부터 양크와 롱이 활보하며 들어온다. 롱은 부두노동자 복장을 하고 있고, 넥타이와 헝겊모자를 쓰고 있다. 양크는 더러운 작업복을 입고 있다.

Up the side street Yank and Long come swaggering. Long is dressed in shore clothes, wears a black Windsor tie, cloth cap. Yank is in his dirty dungarees. A fireman's cap with black peak is cocked defiantly on the side of his head. He has not shaved for days and around his fierce, resentful eyes—as around those of Long to a lesser degree—the black smudge of coal dust still sticks like make-up. They hesitate and stand together at the corner, swaggering, looking about them with a forced, defiant contempt.

LONG [Indicating it all with an oratorical gesture.] Well, 'ere we are. Fif' Avenoo. This 'ere's their bleedin' private lane, as yer might say. [Bitterly.] We're trespassers 'ere. Proletarians keep orf the grass!

YANK [Dully.] I don't see no grass, yuh boob. [Staring at the sidewalk.] Clean, ain't it? Yuh could eat a fried egg offen it. The white wings got some job sweepin' dis up. [Looking up and down the avenue—surlily.] Where's all de white-collar stiffs yuh said was here—and de skoits—her kind?

LONG In church, blarst 'em! Arskin' Jesus to give 'em more money.

YANK Choich, huh? I useter go to choich onct—sure—when I was a kid. Me old man and woman, dey made me. Dey never went demselves, dough. Always got too big a head[73] on Sunday mornin', dat was dem. [With a grin.] Dey was scrappers[74] for fair[75], bot' of dem. On Satiday nights when dey bot' got a skinful[76] dey could put up a bout[77] oughter been staged at de Garden.[78]

88

윗부분이 검정색인 화부모자가 그의 머리에 반항하듯 삐딱하게 앉아 있다. 그는 여러 날 동안 면도를 하지 않았고, 사납고, 불만스러운 눈 주위에는 석탄먼지 얼룩이 아직도 화장처럼 남아 있다. 롱의 눈 주위에도 검정얼룩이 희미하게 남아 있다. 그들은 주저하면서 모퉁이에 함께 서있는데, 어색하고 반항적인 경멸의 태도로 거들먹거리면서 주위를 두리번거린다.

롱   [연설가의 손짓으로 전부를 가리키며] 도착했다! 5번가. 여기는 그들만의 거리라고 할 수 있겠지. [분개하여] 우린 침입자야. 프롤레타리아는 잔디에 들어가면 안 됩니다.

양크   [둔하게] 잔디가 어디 있다는 거야, 바보야. [보행도로를 바라보며] 깨끗하네, 그치? 여기서 달걀프라이를 해먹어도 되겠어. 상류층 사람들 청소 한번 깨끗하게 했구만. [거리를 위아래로 쳐다보더니, 퉁명스럽게] 자네가 여기 있을 거라고 말한 화이트칼라 친구들, 그리고 그 여자와 같은 종류의 여자들 다 어디 있어?

롱   교회에, 망할 인간들. 예수한테 돈을 더 달라고 요구하고 있지.

양크   교회? 맞아. 나도 어린 시절에 한 때 교회에 다녔지. 우리 엄마랑 아버지가 다니게 했어. 그런데 자기들은 한 번도 가지 않았지. 우리 꼰대들 일요일 아침엔 늘 숙취로 고생했지. [웃으며] 그들은 진짜 싸움꾼들이었어. 토요일 밤에 술에 취해 한바탕 싸움을 벌이면 매디슨스퀘어가든에 올려도 좋을 만큼 화끈했어.

---

73) got too big a head=had a hangover. 숙취가 있었다.
74) scrappers=fighters. 싸움꾼들.
75) for fair=really. 대단한, 본격적인.
76) got a skinful=got drunk. 술이 취하다.
77) put up a bout=had a fight. 싸웠다.
78) Garden=Madison Square Garden. 뉴욕시에 위치한 체육관 겸 공연장.

When dey got trough dere wasn't a chair or table wit a leg under it. Or else dey bot' jumped on me for somep'n. Dat was where I loined to take punishment. [With a grin and a swagger.] I'm a chip offen de old block,[79] get me?

LONG   Did yer old man follow the sea?

YANK   Naw. Worked along shore. I runned away when me old lady croaked wit de tremens. I helped at truckin' and in de market. Den I shipped in de stokehole. Sure. Dat belongs. De rest was nothin'. [Looking around him.] I ain't never seen dis before. De Brooklyn waterfront, dat was where I was dragged up.[80] [Taking a deep breath.] Dis ain't so bad at dat, huh?

LONG   Not bad? Well, we pays for it wiv our bloody sweat, if yer wants to know!

YANK   [With sudden angry disgust.] Aw, hell! I don't see no one, see—like her. All dis gives me a pain. It don't belong. Say, ain't dere a backroom around dis dump? Let's go shoot a ball.[81] All dis is too clean and quiet and dolled-up,[82] get me! It gives me a pain.

LONG   Wait and yer'll bloody well see—

YANK   I don't wait for no one. I keep on de move. Say, what yuh drag me up here for, anyway? Tryin' to kid me, yuh simp, yuh?

싸움이 끝나고 나면 테이블과 의자에 다리가 하나도 남아있지 않았어. 그렇지 않으면 나에게 화풀이를 하였지. 그때 얻어맞는 법을 배웠다. [웃으며 거만한 태도로] 나는 우리 부모를 꼭 빼닮았어, 알아?

롱　자네 아버지도 선원이셨나?

양크　아니, 부두에서 일했어. 나는 어머니가 섬망증으로 죽고 나서 집을 뛰쳐나왔어. 트럭운송일과 시장에서 도와주는 일을 도왔어. 그러고 나서 배의 화부실에서 일하게 됐지. 맞아. 최고의 직업이지. 다른 일들은 비교도 안 돼. [주위를 둘러본다.] 여긴 처음인데. 브루클린 부둣가, 거기가 내가 자란 곳이야. [크게 숨을 쉬고] 여기도 그리 나쁘지 않은데.

롱　나쁘지 않다구? 알기나 해? 이걸 위해 우리 피땀 흘려 일했잖아.

양크　[돌발적인 분노의 증오심으로] 젠장! 그 여자 같은 사람은 아무도 안 보이는데. 이 모든 것이 나에게 고통을 준다. 이건 가짜야! 이 쓰레기더미 주위에 비밀의 방이 있지 않나? 당구 치러 가자! 모든 것이 너무 깨끗하고 조용하고 잘 꾸며져 있단 말이야! 이 모든 것이 나에게 아픔을 준다.

롱　기다려봐. 똑똑히 볼 수 있을 거야.

양크　난 아무도 기다리지 않아. 나는 늘 움직이거든. 그런데 자넨 나를 왜 여기로 끌고 온 거지? 나에게 장난치려고 그런 건가? 멍청아.

---

79) chip off the old block= a child whose appearance or character closely resembles that of one or the other parent. 부모의 성격이나 외모를 많이 닮은 아이를 지칭하는 말.

80) was dragged up=was raised. 자랐다.

81) shoot a ball=play billiards. 당구를 치다.

82) dolled-up=잘 치장한.

LONG   Yer wants to get back at her, don't yer? That's what yer been saying' every bloomin' 'our since she hinsulted yer.

YANK   [Vehemently.] Sure ting I do! Didn't I try to git even wit her in Southampton? Didn't I sneak on de dock and wait for her by de gangplank?[83] I was goin' to spit in her pale mug, see! Sure, right in her pop-eyes! Dat woulda made me even, see? But no chanct.[84] Dere was a whole army of plain clothes bulls around. Dey spotted me and gimme de bum's rush.[85] I never seen her. But I'll git square wit her yet, you watch! [Furiously.] De lousey tart! She tinks she kin get away wit moider – but not wit me! I'll fix her! I'll tink of a way!

LONG   [As disgusted as he dares to be.] Ain't that why I brought yer up 'ere – to show yer? Yer been lookin' at this 'ere 'ole affair wrong. Yer been actin' an' talkin' 's if it was all a bleedin' personal matter between yer and that bloody cow. I wants to convince yer she was on'y a representative of 'er clarss. I wants to awaken yer bloody clarss consciousness. Then yer'll see it's 'er clarss yer've got to fight, not 'er alone. There's a 'ole mob of 'em like 'er, Gawd blind 'em!

YANK   [Spitting on his hands – belligerently.] De more de merrier when I gits started. Bring on de gang!

롱   자네 그 여자에게 복수하고 싶지 않아? 그 여자에게 모욕당한 후
      자네가 끊임없이 말했잖아.

양크   [열을 내어] 물론이지. 복수하고 싶어. 사우샘프턴에서 그 여자에
      게 복수하려고 시도했잖아? 내가 부두로 몰래 나가서 트랩 옆에
      서 그 여자를 기다렸잖은가? 그 여자의 창백한 얼굴에 침을 뱉을
      심산이었지. 그 여자의 개구리 눈에 정통으로! 그러면 서로 비겼
      을 텐데. 기회가 없었어. 주변에 사복경찰이 쫙 깔려 있었지. 그
      들이 나를 발견하고 쫓아냈어. 그 여자를 보지도 못했어. 하지만
      복수를 하고 말거야. 두고 보라구. [분에 차서] 더러운 년! 사람을
      죽이고 온전할 거라고 생각하는 거지. 하지만 나한테는 안 돼. 본
      때를 보여줄 테다. 방법을 찾아내고 말거야.

롱   [역겨움을 표시하며] 그래서 내가 자네를 여기로 데려온 거잖아? 보
      여주려고. 자넨 상황을 잘못 파악하고 있어. 자네는 이 모든 것이
      자네와 그 미친 여자 사이의 개인적인 문제인 것처럼 행동하고
      또 말하고 있어. 나는 그 여자가 단지 자기 계급의 대표에 지나지
      않는다는 것을 자네에게 납득시키고 싶어. 자네의 계급의식을 깨
      우고 싶다구. 그러면 자네가 싸워야 할 대상이 그녀 개인이 아니
      라 그녀의 계급이라는 것을 알게 될 거야. 그 여자 같은 사람들의
      집단이 있다구, 천벌을 받을!

양크   [손에 침을 뱉으며, 싸울 듯이] 일단 싸움이 붙었다 하면 많을수록 더
      좋아! 전부 덤비라고 해.

---

83) gangplank=배와 육지 사이의 트랩, 건널판자.
84) no chanct=there is no chance something will happen. 가망성이 없다.
85) bum's rush=forcible and swift ejection from a place. 긴급연행.

LONG   Yer'll see 'em in arf a mo', when that church lets
         out. [He turns and sees the window display in the two stores
         for the first time.] Blimey![86] Look at that, will yer? [They
         both walk back and stand looking in the jewelers. Long flies
         into a fury.] Just look at this 'ere bloomin' mess! Just
         look at it! Look at the bleedin' prices on 'em—
         more'n our 'old bloody stokehole makes in ten
         voyages sweatin' in 'ell! And they—her and her
         bloody clarss—buys 'em for toys to dangle on 'em!
         One of these 'ere would buy scoff[87] for a starvin'
         family for a year!

YANK   Aw, cut de sob stuff! T' hell wit de starvin' family!
         Yuh'll be passin' de hat to me next. [With naive
         admiration.] Say, dem tings is pretty, huh? Bet yuh
         dey'd hock[88] for a piece of change[89] aw right. [Then
         turning away, bored.] But, aw hell, what good are dey?
         Let her have 'em. Dey don't belong no more'n she
         does. [With a gesture of sweeping the jewelers into oblivion.]
         All dat don't count, get me?

LONG   [Who has moved to the furriers—indignantly.] And I s'pose
         this 'ere don't count neither—skins of poor, 'armless
         animals slaughtered so as 'er and 'ers can keep
         their bleedin' noses warm!

YANK   [Who has been staring at something inside—with queer excitement.]
         Take a slant at dat![90] Give it de once-over![91] Monkey
         fur—two t'ousand bucks! [Bewilderedly.] Is dat straight
         goods—monkey fur? What de hell—?

94

롱　잠시 후 교회가 끝나면 보게 될 거야. [그는 돌아서서 처음으로 두 상점의 쇼윈도를 본다.] 맙소사! 저것 좀 봐! [그들은 뒷걸음질 쳐서 보석상을 들여다본다. 롱이 분통을 터뜨린다.] 여기 이 어처구니없는 것들 좀 보라구. 봐. 엄청난 가격표를 보라구. 지옥에서 땀 흘리는 우리 화부들이 열 번의 항해로 버는 것보다 더 비싸잖아. 그런데 그 여자와 빌어먹을 그 여자의 계급은 저것들을 장난감으로 사서 달고 다니잖아! 이것들 하나면 배고픈 가족 1년 치 식량을 살 수 있을 거야.

양크　질질 짜는 얘기는 그만해! 굶는 가족을 어쩌란 말이야! 다음엔 돈을 달라고 나한테 모자를 돌리겠군! [순진하게 감탄하며] 저거 예쁘지? 저것들을 전당포에 잡히면 돈 꽤나 받을 텐데. [그리고 따분해서 돌아선다.] 젠장 저것들이 무슨 소용이 있나? 그 여자나 가지라고 해. 그 여자도 껍데기고 저것들도 껍데기야. [보석상을 잊어버리려는 제스처와 함께] 저것들 모두 아무 의미 없어, 알아?

롱　[모피점으로 가서, 분개하여] 이것들도 아무 의미 없겠지. 그 여자, 그리고 같은 계급사람들의 몸을 따뜻하게 하기 위해 살해당한 불쌍한, 죄 없는 동물들의 가죽.

양크　[안에 있는 무엇인가를 쳐다보다가, 이상한 흥분감으로] 저것 봐! 한 번 쳐다보라구. 원숭이 모피가 2천 달러야! [모르겠다는듯] 저거 진짜인가, 원숭이 모피? 말도 안—

---

86) blimey=God blind me. 분노, 놀라움, 흥분을 표현하는 감탄사.
87) scoff=food. 음식.
88) hock=전당포에 맡기다.
89) a piece of change=잔돈. 이 문장에서는 "돈 좀 받겠는데"라는 뜻을 "푼돈을 받겠는데"라는 반어적인 말로 표현함.
90) take a slant at=take a look. 쳐다보다.
91) once-over=quick examination, appraisal. 힐끗 보다.

LONG [Bitterly.] It's straight enuf. [With grim humor.] They wouldn't bloody well pay that for a 'airy ape's skin —no, nor for the 'ole livin' ape with all 'is 'ead, and body, and soul thrown in!

YANK [Clenching his fists, his face growing pale with rage as if the skin in the window were a personal insult.] Trowin' it up in my face! Christ! I'll fix her!

LONG [Excitedly.] Church is out. 'Ere they come, the bleedin' swine. [After a glance at Yank's lowering face—uneasily.] Easy goes, Comrade. Keep yer bloomin' temper. Remember force defeats itself. It ain't our weapon. We must impress our demands through peaceful means—the votes of the on-marching proletarians of the bloody world!

YANK [With abysmal contempt.] Votes, hell! Votes is a joke, see. Votes for women! Let dem do it!

LONG [Still more uneasily.] Calm, now. Treat 'em wiv the proper contempt. Observe the bleedin' parasites but 'old yer 'orses.[92]

YANK [Angrily.] Git away from me! Yuh're yellow, dat's what. Force, dat's me! De punch, dat's me every time, see! [The crowd from church enter from the right, sauntering slowly and affectedly, their heads held stiffly up, looking neither to right nor left, talking in toneless, simpering voices. The women are rouged, calcimined, dyed, overdressed to the nth degree.[93] The men are in Prince Alberts, high hats, spats, canes, etc. A procession of gaudy marionettes, yet with something of the relentless horror of Frankensteins in their detached, mechanical unawareness.]

롱　[씁쓸하게] 진짜지. [침울하게] 사람들은 털북숭이 원숭이 가죽을 사려고 그 돈을 내지는 않을 거야. 아무렴 머리 전체가 달린 살아있는 원숭이에 몸과 영혼을 덤으로 준다 해도 안 내지!

양크　[쇼윈도의 가죽이 마치 자신에 대한 모욕이라는 듯 주먹을 불끈 쥐고 분노로 얼굴이 창백해진다] 나한테 정면으로 도전한다는 거지! 좋아! 본때를 보여주지!

롱　[흥분하여] 예배가 끝났다! 저기 온다, 돼지 같은 인간들! [양크의 험악해지는 얼굴을 흘낏 보고, 불안해서] 동지, 진정하셔. 성질을 가라앉히게. 폭력을 쓰면 진다는 걸 기억해. 그건 우리 무기가 아니야. 평화적인 방법으로 우리의 요구를 관철시켜야 해. 세계의 전진하는 프롤레타리아의 투표 말이야!

양크　[극단적인 경멸과 함께] 투표라구! 투표는 장난이야! 투표는 여자를 위한 거지! 여자들에게 투표하라고 해!

롱　[마음이 더 불편해서] 진정해! 그 사람들을 적절한 멸시로 대하게나. 저 기생충들을 관찰은 하되 흥분하지 말라구.

양크　[화나서] 저리 꺼져. 넌 겁쟁이야! 힘! 난 힘이야. 펀치! 나는 언제나 펀치야, 봐! [교회에서 나온 군중이 오른쪽에서 들어온다. 그들은 머리를 꼿꼿이 세우고 앞만 쳐다보며 단조롭게 웃는 목소리로 이야기 하면서 천천히 허세 부리듯 걷는다. 여성들은 입술에 루주를, 얼굴에 흰색 도료를 바르고 머리염색을 했으며 과도한 옷치장을 하고 있다. 남자들은 프린스 알버트 코트에 실크햇을 쓰고 각반을 착용하였으며 지팡이를 들고 있다. 화려한 꼭두각시의 행렬이다. 그들의 초연하고 기계적인 무신경 상태에는 프랑켄슈타인의 냉혹한 공포 같은 것이 섞여 있다.]

---

92) hold your horses=진정해라.
93) to the nth degree=to the utmost degree, without limit. 극도로.

VOICES	Dear Doctor Caiaphas![94] He is so sincere!
	What was the sermon? I dozed off.
	About the radicals, my dear—and the false doctrines that are being preached.
	We must organize a hundred per cent American bazaar.
	And let everyone contribute one one-hundredth percent of their income tax.
	What an original idea!
	We can devote the proceeds to rehabilitating the veil of the temple.
	But that has been done so many times.
YANK	[Glaring from one to the other of them—with an insulting snort of scorn.] Huh! Huh! [Without seeming to see him, they make wide detours to avoid the spot where he stands in the middle of the sidewalk.]
LONG	[Frightenedly.] Keep yer bloomin' mouth shut, I tells yer.
YANK	[Viciously.] G'wan! Tell it to Sweeney![95] [He swaggers away and deliberately lurches into a top-hatted gentleman, then glares at him pugnaciously.] Say, who d'yuh tink yuh're bumpin'? Tink yuh own de oith?
GENTLEMAN	[Coldly and affectedly.] I beg your pardon. [He has not looked at YANK and passes on without a glance, leaving him bewildered.]
LONG	[Rushing up and grabbing YANK's arm.] 'Ere! Come away! This wasn't what I meant. Yer'll 'ave the bloody coppers down on us.

목소리들	친애하는 가야바 박사님. 그분은 정말 신실하시다!
	설교가 뭐였지? 나는 졸았어.
	급진주의자들과 잘못된 교리에 의한 설교에 관해서였어요.
	우리는 완전한 미국식 바자회를 만들어야 해요.
	그리고 모두가 소득세의 1퍼센트씩 기부하도록 합시다.
	정말 참신한 아이디어입니다.
	수익은 성전 휘장을 수선하는 데 쓰도록 헌납하면 되죠.
	하지만 그건 전에 아주 여러 번 했잖아.
양크	[비웃음의 콧방귀와 함께 한 사람씩 노려보며] 흥! 흥! [사람들은 양크를 못 본 것처럼 그가 서 있는 보행도로 중앙을 크게 우회한다.]
롱	[놀라서] 이봐 조용히 하란 말이야!
양크	[험악하게] 그래 해봐! 네 말 안 믿어! 누굴 바보 취급하는 거야! [그는 으쓱거리며 롱에게서 멀어지다가 일부러 실크햇의 남자와 부딪친다. 그리고 싸울 듯이 노려본다.] 당신 지금 누구한테 시비 거는 거야? 당신 이 지구를 샀어?
신사	[차갑게 허세를 떨며] 실례합니다. [그는 양크를 보지 못했고, 눈길조차 주지 않고 지나감으로써 양크를 어리둥절하게 만든다.]
롱	[달려가서 양크의 팔을 잡으며] 이리와! 가자구! 이럴 생각이 아니었어. 그러다가 짭새에게 잡히고 말겠어.

---

94) Caiaphas=성경의 4복음서에 나오는 제사장.
95) Sweeney=police officer. 경찰관.

99

YANK   [Savagely—giving him a push that sends him sprawling.]
        G'wan![96]

LONG   [Picks himself up—hysterically.] I'll pop orf then.[97] This
        ain't what I meant. And whatever 'appens, yer can't
        blame me. [He slinks off left.]

YANK   T' hell wit youse! [He approaches a lady—with a vicious
        grin and a smirking wink.] Hello, Kiddo. How's every
        little ting? Got anyting on for to-night? I know an
        old boiler down to de docks we kin crawl into. [The
        lady stalks by without a look, without a change of pace. YANK
        turns to others—insultingly.] Holy smokes, what a mug!
        Go hide yuhself before de horses shy at yuh. Gee,
        pipe[98] de heinie[99] on dat one! Say, youse, yuh look
        like de stoin of a ferryboat. Paint and powder! All
        dolled up to kill! Yuh look like stiffs laid out for de
        boneyard! Aw, g'wan, de lot of youse! Yuh give me
        de eye-ache. Yuh don't belong, get me! Look at me,
        why don't youse dare? I belong, dat's me! [Pointing to
        a skyscraper across the street which is in process of
        construction—with bravado.] See dat building goin' up
        dere? See de steel work? Steel, dat's me! Youse
        guys live on it and tink yuh're somep'n. But I'm
        IN it, see! I'm de hoistin' engine dat makes it go
        up! I'm it—de inside and bottom of it! Sure! I'm
        steel and steam and smoke and de rest of it! It
        moves—speed—twenty-five stories up—and me at
        de top and bottom—movin'! Youse simps don't move.

100

양크　[거세게 롱을 밀자 롱은 앞으로 고꾸라진다.] 잘난 척 하지 마!

롱　[일어난다. 신경질적으로] 그럼 난 갈 거야. 이럴 생각이 아니었다구. 무슨 일이 일어나든 내 탓 하지 말라구. [슬그머니 왼쪽으로 사라진다.]

양크　모두 꺼져버려! [사악한 미소와 비웃는 듯 윙크를 하며 한 여인에게 접근한다.] 어이 아가씨, 안녕? 오늘 저녁에 무슨 좋은 일 있어? 부둣가 쪽에 우리 둘이 들어갈 수 있는 낡은 보일러를 알고 있어. [여인은 보지도 않고 걸음걸이에 변화도 없이 유유히 지나간다. 양크는 다른 사람들에게 돌아서서 모욕하듯이 말한다.] 맙소사! 저 얼굴 좀 봐! 이대로 돌아다니는 당신을 보면 말들이 달아나겠는걸. 와, 저 여자 엉덩이 좀 봐! 이봐 당신들! 당신들은 연락선의 꼬리를 닮았어. 칠하고 바르고! 아주 죽여주게 치장했군! 당신들은 매장하려고 눕혀 놓은 시체들처럼 보여. 당신들 다 엉터리 가짜야! 보기만 해도 고통스러워! 당신들은 껍데기들이야, 알아! 나를 쳐다봐! 왜 못 보는 거지? 내가 진짜라구. 나 말이야. [건축 중에 있는 맞은편 거리의 고층건물을 가리키며 허풍을 친다.] 저기 올라가는 건물 보여? 저 철골 구조물? 강철이 바로 나야. 당신들은 그 위에 살면서 대단한 존재인 것처럼 생각하지. 하지만 난 그 안에 있어, 봐! 나는 그것을 들어 올리는 기중기야! 내가 그거라구. 그것의 안과 밑바닥이다. 맞아. 나는 강철이며 증기이며 연기이며, 또 그 나머지다. 그것은 25층 높이까지 올라간다. 속도지. 그리고 내가 그 꼭대기와 밑바닥에 있다, 움직이면서. 당신들 멍청이들은 움직이지 않는다.

---

96) G'wan=go on! 계속해!

97) pop off=to leave hurriedly. 급히 떠나다.

98) pipe=take a look at. 보다.

99) heinie=the buttocks, arse. 궁둥이.

Yuh're on'y dolls I winds up to see 'm spin. Yuh're de garbage, get me – de leavins – de ashes we dump over de side! Now, whata yuh gotto say? [But as they seem neither to see nor hear him, he flies into a fury.] Bums! Pigs! Tarts! Bitches! [He turns in a rage on the men, bumping viciously into them but not jarring them the least bit. Rather it is he who recoils after each collision. He keeps growling.] Git off de oith! G'wan, yuh bum! Look where yuh're goin,' can't yuh? Git outa here! Fight, why don't yuh? Put up yer mits! Don't be a dog! Fight or I'll knock yuh dead! [But, without seeming to see him, they all answer with mechanical affected politeness:] I beg your pardon. [Then at a cry from one of the women, they all scurry to the furrier's window.]

THE WOMAN   [Ecstatically, with a gasp of delight.] Monkey fur! [The whole crowd of men and women chorus after her in the same tone of affected delight.] Monkey fur!

YANK   [With a jerk of his head back on his shoulders, as if he had received a punch full in the face – raging.] I see yuh, all in white! I see yuh, yuh white-faced tart, yuh! Hairy ape, huh? I'll hairy ape yuh! [He bends down and grips at the street curbing as if to pluck it out and hurl it. Foiled in this, snarling with passion, he leaps to the lamp-post on the corner and tries to pull it up for a club. Just at that moment a bus is heard rumbling up. A fat, high-hatted, spatted gentleman runs out from the side street. He calls out plaintively: "Bus! Bus! Stop there!" and runs full tilt into the bending, straining YANK, who is bowled off his balance.]

당신들은 내가 태엽을 감아 회전하는 것을 보는 인형들에 지나지 않는다. 당신들은 쓰레기, 찌꺼기, 즉 우리가 내다버리는 재야. 자, 할 말 있으면 해봐. [그들이 보지도 말을 듣지도 않는 것처럼 보이자, 화를 벌컥 낸다.] 부랑자들아! 돼지들아! 창녀들아! 잡년들아! [그는 화를 내며 남자들을 향해 돌아서서 심술궂게 그들에게 돌진한다. 그러나 그들을 조금도 자극하지 못한다. 오히려 충돌할 때마다 양크가 튕겨나온다. 양크는 계속 화를 낸다.] 지구를 떠나라! 꺼지라구, 부랑자야! 앞이 안보여? 꺼지란 말이야! 싸워보시지 그래? 덤벼봐! 개처럼 겁먹지 말고! 싸워! 안 그러면 때려 눕혀버린다! [그러나 그들은 모두 그를 보지 못한다는 듯이 기계적인, 가장된 공손함으로 대답한다.] 실례합니다. [그리고 한 여인의 외침소리에 그들 모두 모피점의 쇼윈도로 우르르 달려간다.]

여자 [숨이 멎을 정도의 기쁨으로 황홀해 하며] 원숭이 모피다! [남녀 군중 전체가 똑같은 가장된 기쁨의 어조로 그녀를 따라한다.] 원숭이 모피다!

양크 [마치 얼굴에 정면으로 펀치를 맞은 것처럼 머리를 뒤로 젖히며 화를 낸다.] 나는 하얀색의 당신들을 보고 있어! 하얀색 계집들, 당신들을 나는 보고 있어! 털북숭이 원숭이라구? 털북숭이 원숭이가 뭔지 보여주지! [몸을 굽히더니 거리의 연석을 뽑아서 던질 것처럼 잡는다. 거기에 실패하자 고함소리를 지르면서 모퉁이의 가로등 기둥으로 달려가 뽑아 휘두르려 한다. 바로 그때 버스가 부르릉거리는 소리가 들린다. 실크햇을 쓰고 각반을 한 뚱뚱한 신사가 골목에서 뛰어나온다. 그가 애처롭게 소리친다. "버스! 버스! 거기 서!"라고 말하고 전속력으로 커브 쪽으로 달리다가 양크를 붙잡는 바람에 양크는 균형을 잃고 쓰러진다.]

YANK   [Seeing a fight—with a roar of joy as he springs to his feet.] At last! Bus, huh? I'll bust yuh! [He lets drive a terrific swing, his fist landing full on the fat gentleman's face. But the gentleman stands unmoved as if nothing had happened.]

GENTLEMAN   I beg your pardon. [Then irritably.] You have made me lose my bus. [He claps his hands and begins to scream:] Officer! Officer! [Many police whistles shrill out on the instant and a whole platoon of policemen rush in on YANK from all sides. He tries to fight but is clubbed to the pavement and fallen upon. The crowd at the window have not moved or noticed this disturbance. The clanging gong of the patrol wagon approaches with a clamoring din.]

[Curtain]

양크 [싸움의 기회다 싶은지 기쁨의 함성을 지르며 벌떡 일어난다.] 드디어! 버스라구! 당신을 박살내버리겠어! [그는 멋지게 펀치를 날리고, 그의 주먹은 뚱뚱한 신사의 얼굴에 정면으로 도달한다. 그런데 신사는 아무 일도 없었다는 듯 미동도 하지 않는다.]

신사 실례합니다. [그리고 짜증스럽게] 당신 때문에 버스를 놓쳤잖아! [그는 박수를 치면서 소리를 지른다.] 경찰관! 경찰관! [그 순간 무수한 경찰 호각소리가 울리고 1개 소대의 경찰관들이 달려와 사방에서 양크를 덮친다. 양크는 싸우려고 하지만 곤봉에 맞아 쓰러지고 경찰들이 그를 올라탄다. 창문의 군중들은 움직이지 않았거나 이 소란을 보지 못했다. 순찰차의 딸랑거리는 종소리가 요란한 소리와 함께 다가온다.]

막이 내린다.

SCENE VI

SCENE – Night of the following day. A row of cells in the prison on Blackwells Island. The cells extend back diagonally from right front to left rear. They do not stop, but disappear in the dark background as if they ran on, numberless, into infinity. One electric bulb from the low ceiling of the narrow corridor sheds its light through the heavy steel bars of the cell at the extreme front and reveals part of the interior. YANK can be seen within, crouched on the edge of his cot in the attitude of Rodin's "The Thinker." His face is spotted with black and blue bruises. A blood-stained bandage is wrapped around his head.

YANK   [Suddenly starting as if awakening from a dream, reaches out and shakes the bars – aloud to himself, wonderingly.] Steel. Dis is de Zoo, huh? [A burst of hard, barking laughter comes from the unseen occupants of the cells, runs back down the tier, and abruptly ceases.]

6장

장면: 다음날 밤. 블랙웰즈 섬 교도소 안의 감방들. 감방들은 오른쪽 앞에서 왼쪽 뒤를 향하여 대각선으로 늘어서 있다. 감방들은 끝이 보이지 않고 셀 수 없이 무한대로 뻗어나가는 것처럼 어두운 배경 속으로 사라진다. 좁은 복도의 낮은 천장에 매달린 전구 하나가 맨 앞 감방의 무거운 강철 철창 속을 비추어 내부를 일부 보이게 한다. "생각하는 사람"의 자세로 침상 가장자리에 웅크리고 있는 양크가 보인다. 그의 얼굴은 검댕과 푸른 멍자국으로 얼룩져 있다. 그의 머리에 피 묻은 붕대가 감겨있다.

양크   [갑자기 꿈에서 깨어난 것처럼 놀라서 철창을 붙잡고 흔든다. 자기 자신에게 큰 소리로 경탄하듯이 말한다.] 강철이다! 이게 동물원인가? [보이지 않는 수감자들의 요란하게 짖는 듯한 웃음소리가 전체적으로 퍼지다가 갑자기 멈춘다.]

VOICES	[Mockingly.] The Zoo? That's a new name for this coop—a damn good name! Steel, eh? You said a mouthful.[100] This is the old iron house. Who is that boob talkin'? He's the bloke they brung in out of his head. The bulls had beat him up fierce.
YANK	[Dully.] I musta been dreamin'. I tought I was in a cage at de Zoo—but de apes don't talk, do dey?
VOICES	[With mocking laughter.] You're in a cage aw right.

A coop!

A pen!

A sty!

A kennel! [Hard laughter—a pause.]

Say, guy! Who are you? No, never mind lying. What are you?

Yes, tell us your sad story. What's your game?

What did they jug yuh for?

YANK	[Dully.] I was a fireman—stokin' on de liners. [Then with sudden rage, rattling his cell bars.] I'm a hairy ape, get me? And I'll bust youse all in de jaw if yuh don't lay off kiddin' me.
VOICES	Huh! You're a hard boiled duck ain't you!

When you spit, it bounces! [Laughter.]

Aw, can it. He's a regular[101] guy. Ain't you?

What did he say he was—a ape?

목소리들 [비웃듯이] 동물원이라구? 그건 이 닭장의 새 이름이야. 아주 적절한 이름이지!

강철이라구? 말 한번 잘했어. 이게 바로 옛날 강철집이지.

저기 떠드는 바보 누구야?

또라이짓 하다가 끌려온 녀석이야. 짭새들이 그놈을 허벌나게 두들겨 팼어.

양크 [둔감하게] 꿈을 꾸고 있었던 게 틀림없어. 동물원 우리 안에 있는 줄 알았어. 하지만 원숭이들은 말을 안 하는데?

목소리들 [비웃듯이 웃으며] 자네 우리에 있는 거 맞아.

닭장!

돼지우리!

외양간!

개집! [요란한 웃음. 잠시 멈춤.]

어이, 친구! 자네 누구야? 아니, 거짓말 할 필요 없어. 자네 직업이 뭔가?

맞아, 자네의 슬픈 이야기를 해봐. 뭐해서 먹고 살아?

뭣 땜에 유치장에 넣던가?

양크 난 화부였어. 여객선에서 엔진화로 담당이었지. [그러더니 갑자기 화를 내며 감방창살을 흔든다.] 나는 털북숭이 원숭이야, 알아. 날 계속해서 가지고 놀면 당신들 모두 턱을 날려버릴 거야!

목소리들 내 참! 자네 대단한 친구라며?

저 친구가 침을 뱉으면 침이 바닥에 맞고 튀어오를 정도래! [웃음]

그만해! 저 친구 좋은 사람이야. 어이 안 그런가?

저 친구 자기가 뭐랬지? 원숭이?

---

100) mouthful=an important or perceptive remark. 중요한 말, 통찰력 있는 말.

101) regular=legitimate, proper. 신분이 확실한.

YANK   [Defiantly.] Sure ting! Ain't dat what youse all are—apes?

        [A silence. Then a furious rattling of bars from down the corridor.]

A VOICE [Thick with rage.] I'll show yuh who's a ape, yuh bum!

VOICES Ssshh! Nix!

        Can de noise!

        Piano![102]

        You'll have the guard down on us!

YANK   [Scornfully.] De guard? Yuh mean de keeper, don't
        yuh? [Angry exclamations from all the cells.]

VOICE   [Placatingly.] Aw, don't pay no attention to him. He's
        off his nut from the beatin'-up he got. Say, you guy!
        We're waitin' to hear what they landed you for—or
        ain't yuh tellin'?

YANK   Sure, I'll tell youse. Sure! Why de hell not? On'y—
        youse won't get me. Nobody gets me but me, see? I
        started to tell de Judge and all he says was: "Toity
        days to tink it over." Tink it over! Christ, dat's all I
        been doin' for weeks! [After a pause.] I was tryin' to git
        even wit someone, see?—someone dat done me doit.

VOICES [Cynically.] De old stuff, I bet. Your goil, huh?

        Give yuh the double-cross, huh?

        That's them every time!

        Did yuh beat up de odder guy?

양크	[도전적으로] 그래. 자네들도 다 마찬가지로 원숭이 아닌가? [침묵. 그리고 복도 아래로부터 창살을 무섭게 흔드는 소리가 들린다.]
한 목소리	[분노로 가득차서] 이 부랑자야, 누가 원숭이인지 내가 보여줄 테다!
목소리들	쉿! 안돼.
	조용히 해!
	낮춰!
	이러다간 간수가 쫓아오고 말거야!
양크	[경멸적으로] 간수? 지키는 사람 말하는 건가? [모든 감방에서 화내는 소리가 들린다.]
목소리	[점잖게] 저 친구 그냥 내버려두세요. 실컷 얻어맞아서 지금 제정신이 아닐 겁니다. 이봐, 친구! 우린 자네가 뭣 때문에 붙잡혔는지 들으려고 기다리고 있어. 말하기 싫은가?
양크	좋아. 얘기해주지. 좋아. 못할 거 없지. 단, 자네들이 억지로 시켜서 하지는 않아. 나를 시킬 수 있는 사람은 나밖에 없어, 알아? 내가 판사에게 설명하려고 하자 판사가 이렇게 말했지. "30일간 생각해 볼 것." 생각해보라구! 제길, 지난 몇 주간 생각만 했는걸. [잠시 쉼] 나는 누군가에게 복수를 하려고 했어. 나를 모욕한 사람 말이야.
목소리들	[비웃듯이] 뻔한 얘기지! 자네 애인이지?
	자네를 두고 양다리를 걸친 건가?
	여자들은 항상 그래!
	다른 놈을 패줬나?

---

102) piano=in a soft or quiet tone. 조용히.

YANK [Disgustedly] Aw, yuh're all wrong! Sure dere was a skoit in it – but not what youse mean, not dat old tripe. Dis was a new kind of skoit. She was dolled up all in white – in de stokehole. I tought she was a ghost. Sure. [A pause.]

VOICES [Whispering.] Gee, he's still nutty.

Let him rave. It's fun listenin'.

YANK [Unheeding – groping in his thoughts.] Her hands – dey was skinny and white like dey wasn't real but painted on somep'n. Dere was a million miles from me to her – twenty-five knots a hour. She was like some dead ting de cat brung in. Sure, dat's what. She didn't belong. She belonged in de window of a toy store, or on de top of a garbage can, see! Sure! [He breaks out angrily.] But would yuh believe it, she had de noive to do me doit.[103] She lamped[104] me like she was seein' somep'n broke loose from de menagerie. Christ, yuh'd oughter seen her eyes! [He rattles the bars of his cell furiously.] But I'll get back at her yet, you watch! And if I can't find her I'll take it out on de gang she runs wit. I'm wise to where dey hangs out now. I'll show her who belongs! I'll show her who's in de move and who ain't. You watch my smoke![105]

VOICES [Serious and joking.] Dat's de talkin'!

Take her for all she's got!

What was this dame, anyway? Who was she, eh?

양크   [역겨워하며] 모두 틀렸어. 그래 치마가 하나 있긴 했지. 그러나 당신들이 생각하는 그런 뻔한 이야기는 아니야. 이건 새로운 종류의 치마야. 그 여자는 완전 백색으로 치장했어. 그것도 화부실에서. 난 그 여자가 귀신인줄 알았어. 정말이야. [잠시 멈춤]

목소리들   [속삭인다] 아직도 제정신이 아냐.

떠들라고 내버려둬. 듣는 게 재밌잖아.

양크   [신경 쓰지 않고 생각 속을 더듬는다.] 그 여자의 손. 앙상하고 하얀 게 진짜가 아니라 어딘가에 그려 붙인 줄 알았어. 나와 그 여자의 거리는 백만 마일 정도 떨어져 있지. 난 시속 25마일이야. 그 여자는 고양이가 물어온 죽은 동물 같았어. 맞아. 그 여자는 가짜야. 그 여자는 장난감 가게의 진열장이나 쓰레기통 맨 위에 있어야 해! 그럼! [화를 벌컥 낸다.] 그런데 감히 나를 모욕하다니 믿을 수 있겠나! 나를 동물원에서 탈출한 뭔가를 보는 것처럼 바라보았어. 제길, 당신들도 그 여자의 눈을 봤어야 해. [감방 창살을 사납게 흔든다.] 난 복수를 할 거야, 두고 보라구! 그 여자를 못 찾으면 그 여자랑 함께 어울리는 자들을 혼내줄 거야. 난 그들이 어디에 잘 가는지 알거든. 그 여자에게 누가 세상의 주인공인지 보여줄 거야. 누가 움직이고 누가 움직이지 않는지 보여줄 거야. 신속하게 해치울 테니 보라구!

목소리들   [진지하기도 하고 장난스럽기도 하고] 그렇게 된 이야기로군.

그 여자에게서 최대한으로 뜯어내라구!

뭐하는 여자야? 그 여자가 누구지?

---

103) doit=dirt. do me dirt=deliberately treat someone in an unfair manner. 고의로 부당하게 대하다.

104) lamp=look at, eye. 보다.

105) watch my smoke=see how quickly I succeed. 내가 얼마나 빨리 해내는지 두고보라고.

YANK   I dunno. First cabin stiff. Her old man's a millionaire,
           dey says – name of Douglas.

VOICES   Douglas? That's the president of the Steel Trust, I
           bet.
           Sure. I seen his mug in de papers.
           He's filthy with dough.[106]

VOICE   Hey, feller, take a tip from me. If you want to get
           back at that dame, you better join the Wobblies.[107]
           You'll get some action then.

YANK   Wobblies? What de hell's dat?

VOICE   Ain't you ever heard of the I. W. W.?

YANK   Naw. What is it?

VOICE   A gang of blokes – a tough gang. I been readin'
           about 'em to-day in the paper. The guard give me
           the Sunday Times. There's a long spiel about 'em.
           It's from a speech made in the Senate by a guy
           named Senator Queen. [He is in the cell next to YANK's.
           There is a rustling of paper.] Wait'll I see if I got light
           enough and I'll read you. Listen. [He reads:] "There is
           a menace existing in this country to-day which
           threatens the vitals of our fair Republic – as foul a
           menace against the very life-blood of the American
           Eagle as was the foul conspiracy of Cataline[108]
           against the eagles of ancient Rome!"

VOICE   [Disgustedly.] Aw hell! Tell him to salt de tail of dat
           eagle![109]

114

양크	나도 몰라. 일등칸 승객이겠지. 아버지가 더글러스라는 이름의 백만장자라고 하더군.
목소리들	더글러스라구? 강철신탁 회장일거야.
	맞아. 신문에서 그의 사진 봤어.
	돈이 더럽게 많지.
목소리	이봐 친구, 아이디어 하나 줄게. 그 여자에게 복수하려면 와블리에 가입하는 게 좋을 거야. 그러면 활동 좀 할 수 있을 거야.
양크	와블리라구? 그게 도대체 뭔데?
목소리	아이 더블유 더블유 몰라?
양크	몰라. 그게 뭔데?
목소리	건달들 단체야. 거친 녀석들이지. 오늘 신문에서 그 치들에 관해 읽었지. 간수가 <선데이 타임스>를 주더군. 그치들에 관한 장문의 기사가 있었어. 퀸 상원의원이라는 인간이 상원에서 한 연설에 나오지. [그는 양크의 옆 감방에 있다. 신문을 뒤적이는 소리가 들린다.] 불 좀 밝게 하고 읽어줄 테니 기다리게. [읽는다.] "이 나라에는 아름다운 우리 공화국의 생명을 위태롭게 하는 위협이 존재합니다. 고대 로마의 독수리들에 대한 카탈리나의 더러운 음모처럼 미국 독수리의 생명의 피를 겨냥한 더러운 위협 말입니다."
목소리	[역겹다는듯] 빌어먹을! 그 독수리의 꼬리로 젓갈을 담그라지!

---

106) dough=money. filthy with dough= 더럽게 돈이 많다.
107) Wobblies= the industrial workers of the world(IWW). 1905년에 결성된 급진 노동조합인 세계
산업노동자.
108) Catiline(Lucius Sergius Catilina)는 BC 1세기경에 로마공화국을 전복하려는 제2 카탈리나 음모
사건으로 잘 알려진 로마 상원의원이다.
109) 서양 민간 전설과 민담에서 새를 잡으려면 꼬리에 소금을 쳐야 한다는 속설이 있다.

VOICE	[Reading:] "I refer to that devil's brew of rascals, jailbirds, murderers and cutthroats who libel all honest working men by calling themselves the Industrial Workers of the World; but in the light of their nefarious plots, I call them the Industrious WRECKERS of the World!"
YANK	[With vengeful satisfaction.] Wreckers, dat's de right dope! Dat belongs! Me for dem!
VOICE	Ssshh! [Reading.] "This fiendish organization is a foul ulcer on the fair body of our Democracy—"
VOICE	Democracy, hell! Give him the boid, fellers—the raspberry![110] [They do.]
VOICE	Ssshh! [Reading:] "Like Cato[111] I say to this senate, the I. W. W. must be destroyed! For they represent an ever-present dagger pointed at the heart of the greatest nation the world has ever known, where all men are born free and equal, with equal opportunities to all, where the Founding Fathers have guaranteed to each one happiness, where Truth, Honor, Liberty, Justice, and the Brotherhood of Man are a religion absorbed with one's mother's milk, taught at our father's knee, sealed, signed, and stamped upon in the glorious Constitution of these United States!" [A perfect storm of hisses, catcalls, boos, and hard laughter.]
VOICES	[Scornfully.] Hurrah for de Fort' of July! Pass de hat! Liberty!

116

목소리	[읽으며] "그들은 악당, 죄수, 살인자, 자객 등 악마의 자식들로서, 자기들을 세계산업노동자라고 부르면서 모든 선량한 노동자들의 명예를 훼손하고 있습니다. 그들의 흉악한 음모를 감안해 나는 그들을 세계의 근면한 **파괴자들**이라고 부르겠습니다."
양크	[복수심이 만족되어] 파괴자들! 바로 그거야! 그게 제대로 인생사는 거지! 난 그 친구들과 같이 간다!
목소리	쉿! [읽는다] "그 도깨비 같은 단체는 우리 민주주의의 아름다운 몸에 생긴 몹쓸 궤양입니다."
목소리	민주주의라구, 웃기네! 이봐 친구들, 야유를 해줍시다. 엿이나 먹어라! [모두 따라한다]
목소리	쉿. [읽는다] 카토처럼 나는 우리 상원에 말합니다. 세계산업노동자는 해체되어야 합니다! 세계 역사상 가장 위대한 국가, 모든 인간이 자유롭고 평등하게 태어나 균등한 기회를 가지는, 건국의 아버지들이 각자에게 행복을 보장하였으며, 진리, 명예, 자유, 정의와 인간의 형제애가 어머니의 젖과 함께 섭취되고, 아버지의 무릎에 앉아서 배웠으며, 이 합중국의 헌법에 봉하고 서명 날인한 종교가 된 나라, 세계가 낳은 가장 위대한 국가의 심장을 끊임없이 겨누는 칼을 대표합니다. [야유와 웃음으로 완벽한 소란상태가 연출된다.]
목소리들	독립기념일 만세! 모자를 돌려! 자유!

---

110) give someone the raspberry=make a rude noise with the lips at someone. 입술로 소리를 내서 야유를 보내다.
111) 로마시대의 정치가.

Justice!

Honor!

Opportunity!

Brotherhood!

ALL [With abysmal scorn.] Aw, hell!

VOICE Give that Queen Senator guy the bark! All togedder now—one—two—tree—[A terrific chorus of barking and yapping.]

GUARD [From a distance.] Quiet there, youse—or I'll git the hose. [The noise subsides.]

YANK [With growling rage.] I'd like to catch dat senator guy alone for a second. I'd loin him some trute!

VOICE Ssshh! Here's where he gits down to cases on the Wobblies. [Reads:] "They plot with fire in one hand and dynamite in the other. They stop not before murder to gain their ends, nor at the outraging of defenceless womanhood. They would tear down society, put the lowest scum in the seats of the mighty, turn Almighty God's revealed plan for the world topsy-turvy, and make of our sweet and lovely civilization a shambles, a desolation where man, God's masterpiece, would soon degenerate back to the ape!"

VOICE [To YANK.] Hey, you guy. There's your ape stuff again.

YANK [With a growl of fury.] I got him. So dey blow up tings, do dey? Dey turn tings round, do dey? Hey, lend me dat paper, will yuh?

정의!

명예!

기회!

형제애!

모두 [지극히 냉소적으로] 집어치워!

목소리 퀸 상원의원 그 작자를 향해 짖어보자! 다같이, 하나, 둘, 셋. [다 같이 짖는 소리의 합창]

간수 [멀리서] 거기 너희들 모두 조용해. 아니면 소방호스를 가져올 거 야! [소란이 진정된다.]

양크 [분노로 으르렁거리며] 난 그 상원의원 작자를 잠시만이라도 일대일 로 만나고 싶어. 진실을 가르쳐줄 거야!

목소리 쉿! 여기 그 사람이 세계산업노동자가 관련된 사건들에 관해 말 하는 부분이 있다. [읽는다.] "그들은 한 손에는 불을, 다른 한 손 에는 다이너마이트를 들고 음모를 꾸밉니다. 그들은 목적을 달성 하기 위해서는 살인도, 힘없는 여성의 유린도 주저하지 않습니 다. 그들은 사회를 와해시키고, 밑바닥 쓰레기를 권력의 자리에 앉힐 것이며, 세상을 위한 전능하신 신의 섭리를 뒤엎고, 우리의 아름답고 사랑스러운 문명을 황무지로 만들 것이며, 거기에서 신 의 걸작인 인간은 곧 원숭이로 퇴화하고 말 것입니다.

목소리 [양크에게] 어이, 친구! 원숭이 이야기가 또 나오네.

양크 [분노의 합성을 지르며] 나도 들었어. 그러니까 그들이 파괴하기도 하지? 그들이 세상을 바꿔 놓는다는 거지? 이봐, 그 신문 좀 빌려 주겠어?

VOICE   Sure. Give it to him. On'y keep it to yourself, see. We don't wanter listen to no more of that slop.

VOICE   Here you are. Hide it under your mattress.

YANK   [Reaching out.] Tanks. I can't read much but I kin manage. [He sits, the paper in the hand at his side, in the attitude of Rodin's "The Thinker." A pause. Several snores from down the corridor. Suddenly YANK jumps to his feet with a furious groan as if some appalling thought had crashed on him— bewilderedly.] Sure—her old man—president of de Steel Trust—makes half de steel in de world—steel— where I tought I belonged—drivin' trou—movin'—in dat—to make HER—and cage me in for her to spit on! Christ [He shakes the bars of his cell door till the whole tier trembles. Irritated, protesting exclamations from those awakened or trying to get to sleep.] He made dis—dis cage! Steel! IT don't belong, dat's what! Cages, cells, locks, bolts, bars—dat's what it means!—holdin' me down wit him at de top! But I'll drive trou! Fire, dat melts it! I'll be fire—under de heap—fire dat never goes out —hot as hell—breakin' out in de night— [While he has been saying this last he has shaken his cell door to a clanging accompaniment. As he comes to the "breakin' out" he seizes one bar with both hands and, putting his two feet up against the others so that his position is parallel to the floor like a monkey's, he gives a great wrench backwards. The bar bends like a licorice stick under his tremendous strength. Just at this moment the PRISON GUARD rushes in, dragging a hose behind him.]

120

목소리	물론이지. 신문을 저 친구에게 주라구. 그거 혼자만 봐야 해. 우린 그 말도 안 되는 이야기 더 듣고 싶지 않아.

목소리 물론이지. 신문을 저 친구에게 주라구. 그거 혼자만 봐야 해. 우리 그 말도 안 되는 이야기 더 듣고 싶지 않아.

목소리 자 여기 있어. 매트리스 밑에 감추게.

양크 [손을 뻗는다.] 고마워. 글을 잘 읽을 줄은 모르지만 알아서 해볼게. [신문을 옆에 놓고 로댕의 "생각하는 사람"의 자세로 앉는다. 잠시 멈춘다. 복도 아래에서 여러 명이 코를 고는 소리. 갑자기 끔찍한 생각이 떠올랐는지 양크가 분노의 고성을 지르며 벌떡 일어선다. 당황한 듯 말한다.] 맞아. 그 여자의 아버지... 강철신탁의 사장... 세계 강철의 절반을 만드는... 강철... 나는 내가 강철 안에 있다고 믿었지... 돌진하는... 움직이는... 그 안에서... **그녀**를 만들고... 스스로 나를 철창 안에 가두고 그녀가 침을 뱉는다. 제기랄! [그가 감방 문의 창살을 흔들자 같은 줄의 감방들 전체가 흔들린다. 잠이 깬 죄수들이나 잠을 자려는 죄수들이 짜증이 나서 소리를 지른다.] 그 사람이 이걸 만들었어. 이 감방! 강철! 강철은 몹쓸 것이야. 감방, 철창, 자물통, 창살... 바로 그거지... 위에서 나를 내리 누르는 거야! 하지만 나는 뚫고 나갈 거야! 불, 불이 강철을 녹여버리거든. 나는 불이 될거야... 숨겨진... 절대로 꺼지지 않는 불... 지옥처럼 뜨거운... 밤중에 타오르는... [이 마지막 문장을 말하면서 그는 감방문을 박자 맞추어 흔든다. "타오르는"이라는 말을 할 때 양크는 양손으로 감방문 창살 하나를 붙잡고, 두 발로는 다른 창살을 올라타고 원숭이처럼 바닥에 평행되는 자세로 매달려 창살을 세게 잡아당긴다. 그의 엄청난 힘 아래서 창살은 감초 줄기처럼 휘어진다. 바로 이 순간 간수가 소방호스를 끌고 달려 들어온다.]

GUARD   [Angrily.] I'll loin youse bums to wake me up! [Sees
          YANK.] Hello, it's you, huh? Got the D.T.s,[112] hey?
          Well, I'll cure 'em. I'll drown your snakes for yuh!
          [Noticing the bar.] Hell, look at dat bar bended! On'y a
          bug[113] is strong enough for dat!

YANK   [Glaring at him.] Or a hairy ape, yuh big yellow bum!
          Look out! Here I come! [He grabs another bar.]

GUARD   [Scared now—yelling off left.] Toin de hoose on, Ben!—full
          pressure! And call de others—and a strait jacket!
          [The curtain is falling. As it hides YANK from view, there is a
          splattering smash as the stream of water hits the steel of
          YANK's cell.]

          [Curtain]

122

간수   [화가 나서] 이 부랑자 놈들이 나를 깨우다니 본때를 보여주지. [양 크를 본다.] 어이, 자네로군. 섬망증이 있나? 내가 치료해주지. 자 네를 괴롭히는 뱀을 물에 가라앉혀주지. [창살을 본다.] 아니, 철창 을 구부렸잖아! 귀신이 아니라면 불가능한 일인데.

양크   [그에게 눈을 부라리며] 털북숭이 원숭이도 할 수 있지, 이 커다란 겁쟁이야. 조심해! 내가 간다! [또 하나의 창살을 잡는다.]

간수   [질겁해서 밖에다 소리친다.] 물 틀어, 벤! 최대로! 다른 간수들도 불 러! 그리고 구속복도! [막이 내려간다. 막이 양크를 시야에서 가리고 물줄 기가 감방창살에 부딪힐 때 물이 튀기는 소리가 난다.]

막이 내린다.

---

112) dementia delirium=섬망증.
113) bug=ghost. 유령.

SCENE VII

SCENE—Nearly a month later. An I. W. W. local near the waterfront, showing the interior of a front room on the ground floor, and the street outside. Moonlight on the narrow street, buildings massed in black shadow. The interior of the room, which is general assembly room, office, and reading room, resembles some dingy settlement boys club. A desk and high stool are in one corner. A table with papers, stacks of pamphlets, chairs about it, is at center. The whole is decidedly cheap, banal, commonplace and unmysterious as a room could well be. The secretary is perched on the stool making entries in a large ledger. An eye shade casts his face into shadows. Eight or ten men, longshoremen, iron workers, and the like, are grouped about the table. Two are playing checkers. One is writing a letter. Most of them are smoking pipes. A big signboard is on the wall at the rear, "Industrial Workers of the World—Local No. 57."

7장

장면: 거의 한달 후. 해안가 부근의 국제산업노동자 지역 사무실 1층 앞부분과 바깥거리가 보인다. 좁은 거리에는 달빛이 있고 건물들이 검은 그림자 속에 밀집해 있다. 전체회의실 겸 사무실, 독서실로 쓰이는 사무실의 내부는 열악한 빈민가 주민센터의 남성클럽과 유사하다. 한쪽 구석에 책상과 높은 의자가 있다. 방 한가운데에 테이블과 의자들이 있고 테이블 위에 종이와 팸플릿 뭉치가 있다. 전반적으로 평범한 싸구려 분위기의 사무실로서 신비감이 전혀 없다. 비서는 높은 의자에 앉아서 커다란 장부에 뭔가를 기입하고 있다. 머리에 착용한 차양이 그의 얼굴에 그림자를 드리운다. 여덟에서 열 명의 부두노동자와 제철소 노동자 등이 테이블 주위에 모여 있다. 둘은 서양장기를 두고 있다. 한 사람은 편지를 쓰고 있다. 대부분이 파이프를 피운다. 뒷벽에 "세계산업노동자 제57지부"라는 큰 간판이 붙어 있다.

YANK	[Comes down the street outside. He is dressed as in Scene Five. He moves cautiously, mysteriously. He comes to a point opposite the door; tiptoes softly up to it, listens, is impressed by the silence within, knocks carefully, as if he were guessing at the password to some secret rite. Listens. No answer. Knocks again a bit louder. No answer. Knocks impatiently, much louder.]
SECRETARY	[Turning around on his stool.] What the devil is that— someone knocking? [Shouts:] Come in, why don't you? [All the men in the room look up. YANK opens the door slowly, gingerly, as if afraid of an ambush. He looks around for secret doors, mystery, is taken aback by the commonplaceness of the room and the men in it, thinks he may have gotten in the wrong place, then sees the signboard on the wall and is reassured.]
YANK	[Blurts out.] Hello.
MEN	[Reservedly.] Hello.
YANK	[More easily.] I tought I'd bumped into de wrong dump.
SECRETARY	[Scrutinizing him carefully.] Maybe you have. Are you a member?
YANK	Naw, not yet. Dat's what I come for—to join.
SECRETARY	That's easy. What's your job—longshore?
YANK	Naw. Fireman—stoker on de liners.
SECRETARY	[With satisfaction.] Welcome to our city. Glad to know you people are waking up at last. We haven't got many members in your line.
YANK	Naw. Dey're all dead to de woild.
SECRETARY	Well, you can help to wake 'em. What's your name? I'll make out your card.

126

양크	[거리를 따라 들어온다. 5장에서와 같은 차림이다. 이상스럽게, 양크는 조심스럽게 걷는다. 사무실의 문 맞은편에 이르자 그쪽으로 살금살금 걸어가서 엿듣더니 안에서 아무 소리도 들리지 않은 데 감동을 받아 마치 무슨 비밀의식의 암호를 추측하는 것처럼 조심스럽게 두드린다. 듣는다. 대답이 없다. 다시 조금 더 크게 두드린다. 대답이 없다. 성급한 듯 훨씬 더 크게 두드린다.]
비서	[의자에서 돌아앉았다.] 도대체 뭐야? 누가 문을 두드리나? [소리친다.] 들어오시지 그래요? [방의 모든 사람들이 바라본다.] 양크는 매복을 두려워하는 듯 조심스럽게 천천히 문을 연다. 그는 비밀문들, 즉, 신비를 찾기 위해 두리번거리다가 사무실과 그 안의 사람들의 평범함에 놀라서 장소를 잘못 찾아왔는지도 모른다고 생각하다가 벽의 간판을 보고 안심한다.
양크	[퉁명스럽게 내뱉는다.] 안녕하슈.
사람들	[방어적으로] 안녕하세요.
양크	[더 편한 어조로] 장소를 잘못 찾아온 줄 알았어요.
비서	[그를 주의 깊게 관찰한다.] 그런지도 모르죠. 회원인가요?
양크	아직 아닙니다. 그것 때문에 왔어요. 가입하려고.
비서	쉬워요. 직업이 뭔가요? 부두?
양크	아니요, 화부요. 원양여객선 엔진화로실 노무자입니다.
비서	[만족스럽다는 듯] 우리 도시에 오신 것을 환영합니다. 당신들도 마침내 의식이 깨어나고 있는 거 같아서 기뻐요. 그 분야에는 우리 회원이 많지 않아요.
양크	네. 모두 세상사에 캄캄해요.
비서	그럼 당신이 그들이 잠에서 깨도록 도우면 되겠군요. 이름이 뭐지요? 당신의 회원증을 만들게요.

YANK	[Confused.] Name? Lemme tink.
SECRETARY	[Sharply.] Don't you know your own name?
YANK	Sure; but I been just Yank for so long—Bob, dat's it—Bob Smith.
SECRETARY	[Writing.] Robert Smith. [Fills out the rest of card.] Here you are. Cost you half a dollar.
YANK	Is dat all—four bits?[114] Dat's easy. [Gives the SECRETARY the money.]
SECRETARY	[Throwing it in drawer.] Thanks. Well, make yourself at home. No introductions needed. There's literature on the table. Take some of those pamphlets with you to distribute aboard ship. They may bring results. Sow the seed, only go about it right. Don't get caught and fired. We got plenty out of work. What we need is men who can hold their jobs—and work for us at the same time.
YANK	Sure. [But he still stands, embarrassed and uneasy.]
SECRETARY	[Looking at him—curiously.] What did you knock for? Think we had a coon[115] in uniform to open doors?
YANK	Naw. I tought it was locked—and dat yuh'd wanter give me the once-over trou a peep-hole or somep'n to see if I was right.
SECRETARY	[Alert and suspicious but with an easy laugh.] Think we were running a crap game? That door is never locked. What put that in your nut?

양크   [당황한다.] 이름요? 생각 좀 하고요.

비서   [날카롭게] 아니 자기 이름도 모른단 말이요?

양크   물론 알죠. 그런데 너무 오랫동안 양크라고 불렸거든요. 밥이다. 밥 스미스.

비서   [쓴다.] 로버트 스미스. [회원증의 나머지 빈칸을 채운다] 여기 있습니다. 50센트입니다.

양크   50센트만 내면 되나요? 쉽군요. [비서에게 돈을 준다.]

비서   [돈을 서랍에 던져 넣는다.] 감사합니다. 편하게 앉으세요. 안내사항은 없어요. 테이블 위에 읽을거리가 있어요. 그 팸플릿 좀 가져다 배에서 나누어주세요. 그것들이 좋은 결과를 가져올 수도 있으니까. 씨를 뿌리되, 오직 올바르게 뿌리세요. 붙잡혀 잘리지 마시오. 회원 중에 실업자가 많아요. 우리가 필요로 하는 건 일자리가 있으면서 동시에 우리를 위해 일할 수 있는 사람들이지요.

양크   알았어요. [그러나 그는 당황해서 불편한지 꼼짝하지 않고 서있다.]

비서   [호기심이 나서 그를 바라본다.] 무엇 때문에 문을 두드렸지요? 여기에 문을 열어주는 깜둥이가 있을 거라고 생각했나요?

양크   아뇨. 문이 잠겼을 거라고 생각했어요. 그래서 당신이 내가 이상한 사람이 아닌지 확인하려고 구멍 같은 걸로 나를 한번 훑어볼 거라고 생각했어요.

비서   [긴장하면서 의심한다. 그러나 넉살좋게 웃는다] 우리가 도박장을 운영한다고 생각하나요? 저 문은 절대 잠가놓지 않아요. 뭣 땜에 그런 생각을 했지요?

---

114) two bits=a quarter(25센트)이므로 four bits는 50센트.

115) coon=a black person. 흑인.

YANK   [With a knowing grin, convinced that this is all camouflage, a part of the secrecy.] Dis burg[116] is full of bulls,[117] ain't it?

SECRETARY   [Sharply.] What have the cops got to do with us? We're breaking no laws.

YANK   [With a knowing wink.] Sure. Youse wouldn't for woilds. Sure. I'm wise to dat.

SECRETARY   You seem to be wise to a lot of stuff none of us knows about.

YANK   [With another wink.] Aw, dat's aw right, see. [Then made a bit resentful by the suspicious glances from all sides.] Aw, can it! Youse needn't put me trou de toid degree.[118] Can't youse see I belong? Sure! I'm reg'lar. I'll stick, get me? I'll shoot de woiks for youse.[119] Dat's why I wanted to join in.

SECRETARY   [Breezily, feeling him out.] That's the right spirit. Only are you sure you understand what you've joined? It's all plain and above board; still, some guys get a wrong slant on us. [Sharply.] What's your notion of the purpose of the I. W. W.?

YANK   Aw, I know all about it.

SECRETARY   [Sarcastically.] Well, give us some of your valuable information.

양크 [이 모든 게 위장이며 비밀의 일부라고 확신하고 다 안다는 미소를 짓는다.] 이 동네에 경찰이 많지요?

비서 [날카롭게] 경찰이 우리와 무슨 상관이 있죠? 우리는 법을 어기지 않아요.

양크 [안다는 듯 윙크를 한다.] 맞아요. 무슨 일이 있어도 어기지 않겠지요. 맞아요. 나도 그건 알아요.

비서 우리들이 모르는 걸 당신은 많이 알고 있는 것처럼 보이는군요.

양크 [윙크를 또 한다.] 아, 별거 아닙니다. [그러고 나서 사방으로부터의 의심의 눈초리에 약간 화가 난 듯] 그만들 두세요. 나를 심문할 필요 없어요. 내가 한편인 거 안보여요? 그래요. 나 믿을 수 있어요. 난 배신 안 해요, 알겠어요? 당신들을 위해 뭐든지 하겠소. 그래서 가입하려고 했던 거요.

비서 [양크에게 신경 쓰지 않고 쾌활하게] 옳은 말씀입니다. 그런데 당신은 제대로 알고 여기에 가입한 거 맞나요? 우린 일반적이고 공개적인 단체입니다. 일부 사람들이 아직도 우리를 비뚤어진 눈으로 보지요. [날카롭게] 당신은 세계산업노동자의 목표가 뭐라고 생각하나요?

양크 나 그거 다 알아요.

비서 [비꼬듯이] 그럼 당신의 소중한 지식을 좀 나눠주시죠.

---

116) burg=city, town.
117) bulls=police officers. 경찰관.
118) third degree=a session of questioning usually by the police. 심문.
119) shoot the works=to do everything, to bet all one's money. 최선을 다하다.

YANK   [Cunningly.] I know enough not to speak outa my toin.[120] [Then resentfully again.] Aw, say! I'm reg'lar. I'm wise to de game. I know yuh got to watch your step wit a stranger. For all youse know, I might be a plain-clothes dick, or somep'n, dat's what yuh're tinkin', huh? Aw, forget it! I belong, see? Ask any guy down to de docks if I don't.

SECRETARY   Who said you didn't?

YANK   After I'm 'nitiated, I'll show yuh.

SECRETARY   [Astounded.] Initiated? There's no initiation.

YANK   [Disappointed.] Ain't there no password—no grip[121] nor nothin'?

SECRETARY   What'd you think this is—the Elks[122]—or the Black Hand?[123]

YANK   De Elks, hell! De Black Hand, dey're a lot of yellow backstickin' Ginees.[124] Naw. Dis is a man's gang, ain't it?

SECRETARY   You said it! That's why we stand on our two feet in the open. We got no secrets.

YANK   [Surprised but admiringly.] Yuh mean to say yuh always run wide open—like dis?

SECRETARY   Exactly.

YANK   Den yuh sure got your noive wit youse!

SECRETARY   [Sharply.] Just what was it made you want to join us? Come out with that straight.

양크   [노련하게] 남들한테 빠지지 않을 만큼 알아요. [그리고 다시 화가 나서] 이봐요! 나는 정신이 똑바른 사람입니다. 알 만큼 알아요. 나는 당신들이 낯선 사람과 있을 때 조심해야 한다는 걸 알아요. 당신 느낌에 내가 사복경찰 비슷한 사람일지 모른다, 그렇게 생각하는 거죠? 그런 생각 하지도 마세요. 나는 같은 편이라니까요. 맞는지 아닌지 부두에서 아무에게나 물어보세요.

비서   누가 아니라고 말했나요?

양크   입회교육을 받고 나면 보여줄게요.

비서   [놀란다.] 교육? 교육 같은 거 없어요.

양크   [실망한다.] 암구호나 악수 같은 것도 없나요?

비서   당신은 우리가 엘크사슴클럽이나 흑수단인줄 알아요?

양크   엘크사슴클럽이라구? 말도 안 돼! 흑수단은 쥐도 새도 모르게 사람을 죽이는 이태리 놈들입니다. 아니지. 여긴 정상적인 단체가 맞죠?

비서   물론이죠! 바로 그래서 우리가 공개적으로 활동하지요. 우린 비밀이 없어요.

양크   [놀라서 그러나 감탄하며] 그럼 언제나 이렇게 드러내놓고 활동한다는 뜻인가요?

비서   맞아요.

양크   그럼 당신들은 담력이 대담한 사람들이군요.

비서   [날카롭게] 그런데 무엇 때문에 협회에 가입한 거죠? 솔직하게 말하세요.

---

120) out of my turn=at an inappropriate time, in an inappropriate manner. 상황에 맞지 않게.
121) grip=secret handshake. 자기들만의 비밀 악수.
122) the Elks=미국 암흑가의 마피아 연계 범죄조직.
123) the Black Hand=20세기 초 뉴욕에서 활약한 비밀 범죄조직.
124) Ginees=이태리인들.

YANK   Yuh call me? Well, I got noive, too! Here's my hand.
            Yuh wanter blow tings up, don't yuh? Well, dat's
            me! I belong!

SECRETARY   [With pretended carelessness.] You mean change the
            unequal conditions of society by legitimate direct
            action–or with dynamite?

YANK   Dynamite! Blow it offen de oith–steel–all de cages
            –all de factories, steamers, buildings, jails–de
            Steel Trust and all dat makes it go.

SECRETARY   So–that's your idea, eh? And did you have any
            special job in that line you wanted to propose to us.
            [He makes a sign to the men, who get up cautiously one by one
            and group behind YANK.]

YANK   [Boldly.] Sure, I'll come out wit it. I'll show youse I'm
            one of de gang. Dere's dat millionaire guy, Douglas –

SECRETARY   President of the Steel Trust, you mean? Do you
            want to assassinate him?

YANK   Naw, dat don't get yuh nothin'. I mean blow up de
            factory, de woiks, where he makes de steel. Dat's
            what I'm after–to blow up de steel, knock all de
            steel in de woild up to de moon. Dat'll fix tings!
            [Eagerly, with a touch of bravado.] I'll do it by me lonesome!
            I'll show yuh! Tell me where his woiks is, how to git
            there, all de dope. Gimme de stuff, de old butter[125] –
            and watch me do de rest! Watch de smoke and see
            it move! I don't give a damn if dey nab me–long as
            it's done! I'll soive life for it–and give 'em de laugh!

양크   먼저 패를 까라는 건가요? 나는 용기도 있어요. 내 패를 보여드리죠. 뭐든지 폭파해버리고 싶지 않아요? 나도 그래요. 난 여러분과 한 편입니다.

비서   [짐짓 신경 안 쓰는 척] 사회의 불평등 조건을 직접적인 합법행위나 다이너마이트로 바꾼다는 건가요?

양크   다이너마이트로! 강철... 모든 철창... 모든 공장, 기선, 건물, 감옥... 강철신탁 그리고 회사를 움직이는 모든 것들을 지구 밖으로 날려버리는 거죠.

비서   그래요... 그게 당신 생각이로군요? 그럼 그 일에서 우리가 맡았으면 하고 제안하는 특별 임무가 있나요? [그가 신호를 하자 사람들은 하나씩 조심스럽게 일어나 양크의 뒤로 모인다.]

양크   [대담하게] 네, 다 말하죠. 내가 진짜 회원이라는 걸 보여드리죠. 백만장자 더글러스가 있어요....

비서   강철신탁 사장 말인가요? 그 사람을 암살하려고요?

양크   아뇨, 그래봐야 얻는 게 아무것도 없어요. 나는 그가 강철을 만드는 공장과 직장을 말하는 겁니다. 그게 내가 바라는 거지요. 강철을 폭파하는 것, 전 세계의 모든 강철을 달나라까지 날려버리는 것. 그래야 문제가 해결됩니다. [열정적으로, 약간 허세를 부리며] 그 일을 나 혼자 할 겁니다. 내가 보여드리죠. 그의 직장이 어디에 있으며 거기에 어떻게 가는지, 뭐가 있는지 가르쳐주세요. 나에게 그거, 화약을 주세요. 나머지 일은 내가 처리할 테니 지켜보세요. 연기를 보세요. 연기가 어떻게 움직이는지 지켜보세요! 붙잡혀도 상관없어요... 일을 해내기만 하면. 종신형을 받아도 그 치들에게 웃어줄 겁니다.

---

125) butter=화약.

[Half to himself.] And I'll write her a letter and tell her de hairy ape done it. Dat'll square tings.

SECRETARY [Stepping away from YANK.] Very interesting. [He gives a signal. The men, huskies all, throw themselves on YANK and before he knows it they have his legs and arms pinioned. But he is too flabbergasted to make a struggle, anyway. They feel him over for weapons.]

MAN No gat, no knife. Shall we give him what's what[126] and put the boots to him?[127]

SECRETARY No. He isn't worth the trouble we'd get into. He's too stupid. [He comes closer and laughs mockingly in YANK'S face.] Ho-ho! By God, this is the biggest joke they've put up on us yet. Hey, you Joke! Who sent you— Burns or Pinkerton? No, by God, you're such a bonehead I'll bet you're in the Secret Service! Well, you dirty spy, you rotten agent provocator, you can go back and tell whatever skunk[128] is paying you blood-money for betraying your brothers that he's wasting his coin. You couldn't catch a cold.[129] And tell him that all he'll ever get on us, or ever has got, is just his own sneaking plots that he's framed up to put us in jail. We are what our manifesto says we are, neither more or less—and we'll give him a copy of that any time he calls. And as for you—[He glares scornfully at YANK, who is sunk in an oblivious stupor.] Oh, hell, what's the use of talking? You're a brainless ape.

	[절반은 자기 자신에게] 나는 그녀에게 편지를 써서 털북숭이 원숭이가 그 일을 했다고 말할 거야. 그럼 서로 비긴 셈이지.
비서	[양크에게서 물러난다.] 아주 흥미롭군. [신호를 한다. 건장한 남자들 전부가 양크를 덮쳐서, 양크가 미처 깨닫기도 전에 그의 사지를 꼼짝 못하게 한다. 하지만 양크는 너무 당황하여 아무런 반항도 하지 못한다. 그들은 무기를 찾기 위해 양크의 몸을 수색한다.]
남자	총도 없고 칼도 없습니다. 정확한 상황을 가르쳐주고 흠씬 밟아버릴까요?
비서	아냐. 저 놈은 그런 수고를 할 만한 가치도 없어. 너무 미련해. [그는 가까이 가서 양크의 얼굴에 대고 조롱하듯이 웃는다.] 하하! 주여! 이건 그 자들이 우리에게 친 장난 중에 가장 웃기는 장난이군. 이봐, 멍청이! 누가 자네를 보냈지? 번즈야 핑커튼이야? 아냐. 넌 정말 바보야. 내 짐작에 넌 정보기관 소속이야. 이 더러운 첩자 공작원아. 돌아가서 전해! 형제들을 배신하는 대가로 돈을 주는 더러운 놈이 누구든, 헛돈 쓰지 말라고! 자네는 낌새조차 눈치채지 못했다고. 그 작자에게 말해. 그 자가 지금까지 우리에게 알아낸 것, 그리고 알아낼 것이라곤 우리를 감옥에 넣으려고 꾸민 그의 비밀 음모가 전부라고. 우리의 정체는 더도 아니고 덜도 아니고 우리의 강령 그대로야. 전화만 하면 그에게 언제든 한 부 줄 수 있어. 그리고 당신은... [그는 망연자실의 상태에 빠져있는 양크를 경멸스럽게 노려본다.] 젠장, 말해서 뭘 해? 넌 얼간이 원숭이야.

---

126) what's what=precisely what the situation is. 정확한 상황. give him what's what=정확한 상황을 알려주다.

127) put the boots to him=stomp or kick the shit out of a person. 흠씬 밟아버리다.

128) skunk=despicable person. 나쁜 놈.

129) You couldn't catch a cold.=이상한 낌새도 발견하지 못했지.

YANK [Aroused by the word to fierce but futile struggles.] What's dat, yuh Sheeny[130] bum, yuh!

SECRETARY Throw him out, boys. [In spite of his struggles, this is done with gusto and eclat.[131] Propelled by several parting kicks, YANK lands sprawling in the middle of the narrow cobbled street. With a growl he starts to get up and storm the closed door, but stops bewildered by the confusion in his brain, pathetically impotent. He sits there, brooding, in as near to the attitude of Rodin's "Thinker" as he can get in his position.]

YANK [Bitterly.] So dem boids don't tink I belong, neider. Aw, to hell wit 'em! Dey're in de wrong pew—de same old bull—soapboxes and Salvation Army—no guts! Cut out an hour offen de job a day and make me happy! Gimme a dollar more a day and make me happy! Tree square[132] a day, and cauliflowers in de front yard—ekal rights—a woman and kids— a lousey vote—and I'm all fixed for Jesus, huh?[133] Aw, hell! What does dat get yuh? Dis ting's in your inside, but it ain't your belly. Feedin' your face[134]—sinkers[135] and coffee—dat don't touch it. It's way down—at de bottom. Yuh can't grab it, and yuh can't stop it. It moves, and everyting moves. It stops and de whole woild stops. Dat's me now—I don't tick, see?—I'm a busted Ingersoll,[136] dat's what. Steel was me, and I owned de woild. Now I ain't steel, and de woild owns me. Aw, hell! I can't see—it's all dark, get me? It's all wrong!

양크	[그 말에 화가 나서 거칠게 싸우려고 하나 소용없다.] 뭐라구, 이 건달아!
비서	얘들아, 밖에 내던져버려. [몸부림에도 불구하고 양크는 힘차게 내던져
	진다. 여러 번의 작별의 발길질과 함께 양크는 좁고 자갈이 깔린 거리에 내동
	댕이쳐진다. 양크는 고성을 지르며 일어나 닫힌 문으로 돌진하려다가 머릿속
	이 어지러워 멈춘다. 애처롭게 무기력하다. 그는 그 자리에 앉는다. 한 로댕
	의 "생각하는 사람"과 유사한 자세로 앉아 생각에 잠긴다.]
양크	[씁쓸하게] 그래 그놈들도 내가 가짜라고 생각하는 거지. 죽일 놈
	들! 저놈들 틀렸어. 똑같은 개소리... 비누상자와 구세군... 배짱이
	라곤 없어! 한 시간만 덜 일하면 행복할 거 같아요. 하루에 1달러
	더 주시면 행복할 거 같아요! 하루 세끼 식사와 앞마당에 콜리플
	라워... 평등권... 아내와 아이들... 하찮은 투표권... 그리고 예수만
	믿으면 된다구? 빌어먹을! 그래서 얻는 게 뭐지? 저 안에 있는 것
	이긴 한데, 뱃속은 아니지. 도넛과 커피 등 음식을 먹는 것으론 그
	부분을 건드리지 못해. 이건 저 아래... 밑바닥에 있어. 붙잡을 수도
	없고 멈출 수도 없어. 그것이 움직이면 모든 것이 움직이지. 그것
	이 멈추면 전 세계가 멈추고, 그게 지금의 나야... 나는 째깍거리지
	도 않아, 보여?... 난 망가진 잉거솔 시계야. 나는 강철이었고 내가
	세상을 소유했다. 이제 나는 강철도 아니고 세상이 나를 소유한다.
	아, 빌어먹을! 앞이 안보여! 너무 어두워, 이해되나? 다 틀렸어.

---

130) Sheeny=bright, shiny. 여기서는 '겉만 번지르르한', '빼질빼질한'.
131) with gusto and eclat=활기차고 성공적으로.
132) square=meal. 식사.
133) I'm all fixed for Jesus, huh? 그리고 예수만 믿으면 된다고?
134) feed one's mouth=to eat something. 음식을 먹다.
135) sinker=doughnut. 도넛.
136) Ingersoll=잉거솔 시계.

[He turns a bitter mocking face up like an ape gibbering at the moon.] Say, youse up dere, Man in de Moon, yuh look so wise, gimme de answer, huh? Slip me de inside dope, de information right from de stable[137] — where do I get off at, huh?

A POLICEMAN [Who has come up the street in time to hear this last — with grim humor.] You'll get off at the station, you boob, if you don't get up out of that and keep movin'.

YANK [Looking up at him — with a hard, bitter laugh.] Sure! Lock me up! Put me in a cage! Dat's de on'y answer yuh know. G'wan, lock me up!

POLICEMAN What you been doin'?

YANK Enuf to gimme life for! I was born, see? Sure, dat's de charge.[138] Write it in de blotter.[139] I was born, get me!

POLICEMAN [Jocosely.] God pity your old woman! [Then matter-of-fact.] But I've no time for kidding. You're soused.[140] I'd run you in[141] but it's too long a walk to the station. Come on now, get up, or I'll fan your ears with this club. Beat it now! [He hauls YANK to his feet.]

YANK [In a vague mocking tone.] Say, where do I go from here?

POLICEMAN [Giving him a push — with a grin, indifferently.] Go to hell.

[Curtain]

[달을 보고 주절거리는 원숭이처럼 씁쓸히 냉소하는 얼굴을 하늘로 향한다.] 저 위에 계시는 분이시여! 달에 있는 인간이여, 당신은 참으로 현명해 보이는데 대답해주시겠어요? 나에게 내부정보, 생생한 직접 정보를 주세요. 나는 어디서 내리죠?

경찰관 [양크의 마지막 말을 듣기에 적당한 순간에 거리를 걷다가 냉정한 유머감각을 사용한다.] 이봐 얼간이, 얼른 일어나서 꺼지지 않으면 경찰서로 가게 될 거야.

양크 [그를 바라보더니 차갑고 씁쓸하게 웃는다.] 좋아. 나를 가두시지! 철창 안에 넣으라구. 그게 당신이 아는 유일한 대답이지. 자, 잡아가두라구.

경찰관 무슨 죄를 졌는데?

양크 종신형을 받기에 충분한 거요. 나는 태어났잖아요? 그래요, 그게 혐의죠. 사건일지에 그렇게 적으세요. 나는 태어났다구요.

경찰관 [익살스럽게] 너를 낳은 너의 모친이 불쌍하다! [그리고 무미건조하게] 농담할 시간 없다. 넌 취했어. 집어넣고 싶지만 경찰서까지 걸어가기엔 너무 멀어. 자, 일어나, 그렇지 않으면 몽둥이로 귓방망이를 갈겨줄 테다. 꺼져 당장! [양크를 일으켜 세운다.]

양크 [모호하게 비웃는 말투로] 여기서 어디로 간단 말이오?

경찰관 [그를 떠민다. 무관심하게 웃는다.] 지옥으로!

막이 내린다.

---

137) information right from the stable=생생한 직접정보.
138) charge=accusation, a claim of wrongdoing. 잘못, 혐의.
139) blotter=daily written record of events in a police station. 사건일지.
140) soused=drunk. 취하다.
141) run you in=to take into legal custody. 연행하다, 잡아넣다.

SCENE VIII

SCENE – Twilight of the next day. The monkey house at the Zoo. One spot of clear gray light falls on the front of one cage so that the interior can be seen. The other cages are vague, shrouded in shadow from which chatterings pitched in a conversational tone can be heard. On the one cage a sign from which the word "gorilla" stands out. The gigantic animal himself is seen squatting on his haunches on a bench in much the same attitude as Rodin's "Thinker." YANK enters from the left. Immediately a chorus of angry chattering and screeching breaks out. The gorilla turns his eyes but makes no sound or move.

YANK   [With a hard, bitter laugh.] Welcome to your city, huh? Hail, hail, de gang's all here! [At the sound of his voice the chattering dies away into an attentive silence. YANK walks up to the gorilla's cage and, leaning over the railing, stares in at its occupant, who stares back at him, silent and motionless.

8장

장면: 다음날 저녁 무렵. 동물원 원숭이 우리. 한 줄기의 빛이 한 우리의 앞을 비추어서 내부가 들여다보인다. 다른 우리들은 대화 소리는 들리되 그림자에 가려져 알아보기가 어렵다. 한 우리에 <고릴라>라는 간판이 있어 눈에 띈다. 거대한 동물이 벤치에 로댕의 "생각하는 사람"과 똑같은 자세로 앉아있는 것이 보인다. 양크가 왼쪽에서 들어온다. 즉시 화가 난 소란과 비명소리가 들린다. 고릴라가 눈을 돌린다. 그러나 아무 소리도 움직임도 없다.

양크   [차갑고 쓸쓸한 웃음으로] 여러분의 도시에 온 것을 환영한다 이거지? 안녕, 안녕, 친구들이 여기에 모두 있구나. [그의 목소리를 듣고 지껄이는 소리가 경청의 침묵으로 바뀐다. 양크는 고릴라의 우리로 가서 난간에 기대어 안의 동물을 들여다본다. 동물도 움직이지 않고 조용히 그를 바라본다.

There is a pause of dead stillness. Then YANK begins to talk in a friendly confidential tone, half-mockingly, but with a deep undercurrent of sympathy.] Say, yuh're some hard-lookin' guy, ain't yuh? I seen lots of tough nuts dat de gang called gorillas, but yuh're de foist real one I ever seen. Some chest yuh got, and shoulders, and dem arms and mits! I bet yuh got a punch in eider fist dat'd knock 'em all silly! [This with genuine admiration. The gorilla, as if he understood, stands upright, swelling out his chest and pounding on it with his fist. YANK grins sympathetically.] Sure, I get yuh. Yuh challenge de whole woild, huh? Yuh got what I was sayin' even if yuh muffed de woids.[142] [Then bitterness creeping in.] And why wouldn't yuh get me? Ain't we both members of de same club—de Hairy Apes? [They stare at each other—a pause—then YANK goes on slowly and bitterly.] So yuh're what she seen when she looked at me, de white-faced tart! I was you to her, get me? On'y outa de cage—broke out—free to moider her, see? Sure! Dat's what she tought. She wasn't wise dat I was in a cage, too—worser'n yours—sure—a damn sight—'cause you got some chanct to bust loose—but me—[He grows confused.] Aw, hell! It's all wrong, ain't it? [A pause.] I s'pose yuh wanter know what I'm doin' here, huh? I been warmin' a bench[143] down to de Battery[144]—ever since last night.

완전한 정지의 순간이다. 그 다음 양크는 친근하면서도 은밀한 말투로, 절반은 냉소적으로, 그러나 깊은 동정심을 가지고 이야기하기 시작한다.] 그래 자네는 험악해 보이는 친구야, 안 그래? 나는 사람들이 고릴라라고 부르는 사나운 놈들을 많이 봤지만, 그런데 자네는 내가 실제로 본 최초의 고릴라일세. 가슴과 어깨가 대단하군. 그리고 팔과 손도. 자네 주먹 한 방이면 틀림없이 모두 쓰러질 거야. [진짜 감탄하며 이 말을 한다. 고릴라는 마치 이해한다는 듯 똑바로 서서 가슴을 내밀고 주먹으로 친다. 양크는 동조하듯 웃는다.] 그래 이해해. 온 세상에 도전하는 거지? 비록 말은 못하지만 자네에겐 내가 여태 말해왔던 그것이 있어. [그러더니 씁쓸함을 느낀다.] 자네는 나를 이해 못하겠어? 우린 똑같은 클럽의 회원이잖아?... 털북숭이 원숭이들. [그들은 서로를 쳐다본다. 잠시 침묵. 그리고 양크는 천천히 그리고 씁쓸하게 계속 말한다.] 그녀가 나를 보았을 때 본 것이 바로 자네야. 하얀 얼굴의 계집! 그녀에겐 내가 자네로 보였어, 이해해? 단지 우리 밖에 있었고... 부수고 나온 거지... 그녀를 죽일 수 있다는 것이 다르지 않아? 맞아! 그녀는 그렇게 생각했어. 그녀는 나도 우리 안에 갇혀 있다는 걸 몰랐다... 자네보다 더 열악한... 맞아... 끔찍한 광경이지... 왜냐하면 자네는 기회가 되면 부수고 나갈 수 있잖아... 하지만 나는... [혼란스러워 한다.] 빌어먹을! 모든 게 잘못돼 있어, 안 그래? [잠시 정지함] 자네는 내가 여기서 뭘 하고 있는지 궁금해 하는 거 같은데? 지난밤부터 쭉 포대공원의 벤치에 앉아 있었지.

---

142) muff=perform a task clumsily. muff the words=말을 잘 못하다.
143) warming a bench='벤치를 따뜻하게 데우고 있었지', 즉 '앉아 있었지'라는 뜻.
144) the Battery=뉴욕 맨해튼 남쪽의 옛 포대가 있던 곳의 공원.

Sure. I seen de sun come up. Dat was pretty, too—all red and pink and green. I was lookin' at de skyscrapers—steel—and all de ships comin' in, sailin' out, all over de oith—and dey was steel, too. De sun was warm, dey wasn't no clouds, and dere was a breeze blowin'. Sure, it was great stuff. I got it aw right—what Paddy said about dat bein' de right dope[145]—on'y I couldn't get IN it, see? I couldn't belong in dat. It was over my head. And I kept tinkin'—and den I beat it up here to see what youse was like. And I waited till dey was all gone to git yuh alone. Say, how d'yuh feel sittin' in dat pen all de time, havin' to stand for 'em comin' and starin' at yuh—de white-faced, skinny tarts and de boobs what marry 'em—makin' fun of yuh, laughin' at yuh, gittin' scared of yuh—damn 'em! [He pounds on the rail with his fist. The gorilla rattles the bars of his cage and snarls. All the other monkeys set up an angry chattering in the darkness. YANK goes on excitedly.] Sure! Dat's de way it hits me, too. On'y yuh're lucky, see? Yuh don't belong wit 'em and yuh know it. But me, I belong wit 'em—but I don't, see? Dey don't belong wit me, dat's what. Get me? Tinkin' is hard—[He passes one hand across his forehead with a painful gesture. The gorilla growls impatiently. YANK goes on gropingly.] It's dis way, what I'm drivin' at. Youse can sit and dope dream in de past, green woods, de jungle and de rest of it.

그래. 해가 뜨는 걸 보았지. 예쁘더군... 완전히 빨갛고 핑크빛이고 초록색이었어. 나는 고층건물들... 강철이지...을 보고 있었어. 그리고 전 세계로부터 들어오고 나가는 배들도 보았어...그것들도 강철이지. 해는 따뜻했고, 구름은 없고 산들바람이 불고 있었지. 그래, 아름다웠어. 무슨 말인지 알아... 그런 게 진짜 세상이라고 패디가 말한 것 말야... 그런데 나는 그 세상 안으로 들어갈 수 없었어. 이해해? 나는 그 세계 사람이 아니야. 그 세계는 나보다 높은 곳에 있었어. 난 계속 생각했지... 그리고 자네들은 어떻게 지내는지 보려고 이리 달려왔지. 그리고 자네를 혼자 만나기 위해 사람들이 모두 갈 때까지 기다렸어. 자, 자네는 우리 안에 죽 앉아 있다가 사람들이 들어와서 쳐다볼 때 서 있는 기분이 어떤가... 하얀 얼굴의 말라깽이 계집들과 그들이 결혼하는 얼간이들... 너를 놀리고, 비웃고, 무섭다고 하고...저주받을 인간들! [주먹으로 난간을 친다. 고릴라가 우리의 철창을 흔들면서 함성을 지른다. 모든 다른 원숭이들이 어두움 속에서 꽥꽥 소리를 지른다. 양크는 흥분해서 계속 말한다.] 그래. 나도 마찬가지 신세인 거 같아. 근데 자네는 운이 좋군, 알아? 자네는 인간들과 다르잖아. 그리고 그걸 알고 있지. 나로 말하면, 나는 그들과 같은 세상에서 사는데... 또 아니기도 해, 이해해? 나는 어디에도 속하지 못하고 있어. 이해해? 생각하는 건 쉬운 일이 아냐. [그는 고통스러운 듯 한 손으로 이마를 훔친다. 고릴라가 성급한 듯 고성을 지른다. 양크가 서투르게 계속 말한다.] 내가 하려던 말이 그거야. 자네들은 앉아서 과거, 푸른 숲, 정글 등을 꿈꿀 수 있잖아.

---

145) dope=inside information. 내부 정보, 진짜 지식. 여기서는 '진짜 세상'이라고 번역함.

Den yuh belong and dey don't. Den yuh kin laugh at 'em, see? Yuh're de champ of de woild. But me – I ain't got no past to tink in, nor nothin' dat's comin', on'y what's now – and dat don't belong. Sure, you're de best off! Yuh can't tink, can yuh? Yuh can't talk neider. But I kin make a bluff at[146] talkin' and tinkin' – a'most git away wit it – a'most! – and dat's where de joker comes in. [He laughs.] I ain't on oith and I ain't in heaven, get me? I'm in de middle tryin' to separate 'em, takin' all de woist punches from bot' of 'em. Maybe dat's what dey call hell, huh? But you, yuh're at de bottom. You belong! Sure! Yuh're de on'y one in de woild dat does, yuh lucky stiff! [The gorilla growls proudly.] And dat's why dey gotter put yuh in a cage, see? [The gorilla roars angrily.] Sure! Yuh get me. It beats it when you try to tink it or talk it – it's way down – deep – behind – you 'n' me we feel it. Sure! Bot' members of dis club! [He laughs – then in a savage tone.] What de hell! T' hell wit it! A little action, dat's our meat![147] Dat belongs! Knock 'em down and keep bustin' 'em till dey croaks yuh wit a gat – wit steel! Sure! Are yuh game?[148] Dey've looked at youse, ain't dey – in a cage? Wanter git even? Wanter wind up like a sport 'stead of croakin' slow in dere?

그러면 자네들은 세상의 주인공이 되고, 인간들은 못되지. 그럼
자네들은 그들을 비웃을 수 있잖아? 자네가 세계의 챔피언이야.
그러나 나에겐 들어가 앉아 생각을 할 과거도, 다가올 미래도 없
고, 있는 거라곤 지금 현재뿐이다. 현재는 아무 쓸모없어. 그래,
자네가 가장 행복한 거야. 자네는 생각할 줄 모르지, 안 그래? 자
네는 말을 할 줄도 모르지. 그러나 나는 말도 하고 생각도 할 줄
안다고 큰소리 칠 수 있어... 흠잡을 데 없이... 거의... 그리고 거기
에서 문제가 시작되지. [웃는다.] 나는 땅 위에도 있지 않고 하늘에
도 있지 않아, 알아? 나는 양쪽에서 엄청나게 얻어맞으면서 중간
에서 둘을 갈라놓으려고 하고 있어. 아마 그걸 지옥이라고 부르나
봐, 그렇지? 그런데 자네는 밑바닥에 있지. 자네가 진짜야. 맞아!
이 운 좋은 친구야. 자네가 세상의 주인공으로 사는 유일한 친구야.
[고릴라는 자랑스러운 듯 으르렁거린다.] 그래서 사람들이 자네를 동물
우리에 가둘 수밖에 없는 거야, 알아? [고릴라들이 화난 듯 으르렁거린
다.] 그래. 내 말을 이해하는구나. 그게 생각하거나 말하려고 하면
안 떠오르지.... 그게 저 아래에 있거든... 깊이... 뒤에... 자네와 나,
우리는 그것을 느끼지. 맞아! 우리 둘 다 그 클럽의 회원이니까!
[웃는다. 그리고 야만적인 말투로] 에라 모르겠다! 활동하는 거, 그게
우리 특기야! 그게 진짜야. 그들이 당신을 총으로... 강철로 죽일
때까지 치고받고 때려 부수는 거! 그래. 자신 있나? 그들이 자네들
을 쳐다보지 않던가? 우리 안에 있는 걸. 복수하고 싶어? 그 안에
서 천천히 죽어가기보다 멋진 사나이처럼 끝장을 내고 싶지 않나?

---

146) make a bluff at=~하고 있다고 허풍을 치다.

147) meat=특기, 장기.

148) game?=ready and willing. 준비됐나, 자신 있나?

[The gorilla roars an emphatic affirmative. YANK goes on with a sort of furious exaltation.] Sure! Yuh're reg'lar! Yuh'll stick to de finish! Me 'n' you, huh?—bot' members of this club! We'll put up one last star bout dat'll knock 'em offen deir seats! Dey'll have to make de cages stronger after we're trou! [The gorilla is straining at his bars, growling, hopping from one foot to the other. YANK takes a jimmy from under his coat and forces the lock on the cage door. He throws this open.] Pardon from de governor! Step out and shake hands! I'll take yuh for a walk down Fif' Avenoo. We'll knock 'em offen de oith and croak wit de band playin'. Come on, Brother. [The gorilla scrambles gingerly out of his cage. Goes to YANK and stands looking at him. YANK keeps his mocking tone—holds out his hand.] Shake—de secret grip of our order. [Something, the tone of mockery, perhaps, suddenly enrages the animal. With a spring he wraps his huge arms around YANK in a murderous hug. There is a crackling snap of crushed ribs—a gasping cry, still mocking, from YANK.] Hey, I didn't say, kiss me. [The gorilla lets the crushed body slip to the floor; stands over it uncertainly, considering; then picks it up, throws it in the cage, shuts the door, and shuffles off menacingly into the darkness at left. A great uproar of frightened chattering and whimpering comes from the other cages. Then YANK moves, groaning, opening his eyes, and there is silence. He mutters painfully.] Say—dey oughter match him—wit Zybszko.[149] He got me, aw right. I'm trou. Even him didn't tink I belonged. [Then, with sudden passionate despair.]

150

[고릴라가 힘주어 긍정하듯이 으르렁거린다. 양크는 분노의 흥분상태로 계속 말한다.] 맞아! 자네는 짱이야! 자네는 끝까지 버틸 거야! 나와 자네, 그렇지? 이 클럽의 두 회원 모두! 우리는 마지막으로 멋진 한 판 싸움을 벌여서 인간들을 지구 밖으로 날려버리자구! 우리가 빠져나간 후 동물 우리를 더 튼튼하게 만들어야 하겠지! [고릴라는 으르렁거리며 철창을 잡아당기면서 발을 번갈아 구른다. 양크는 코트 안에서 쇠지레를 꺼내서 우리의 문에 달린 자물통을 비틀어 연다.] 주지사의 사면이다! 밖으로 나와서 악수를 해야지! 자네를 데리고 5번가로 산책을 나갈 테야. 우리는 그들을 때려눕히고 악단의 연주를 들으며 죽자. 형제님, 이리와! [고릴라는 조심스럽게 우리에서 기어 나온다. 양크에게 다가가서 쳐다보고 서 있다. 양크는 냉소적인 말투를 유지하면서 손을 내민다.] 악수... 우리 단체의 비밀 악수법이야. [뭔가, 아마도 냉소적인 말투가 갑자기 동물을 분노하게 만든다. 고릴라는 갑자기 거대한 팔을 양크에게 둘러 살인적인 포옹을 한다. 갈비뼈가 부러지는 딱 소리가 난다. 양크에게서, 여전히 비웃는듯, 질식의 비명소리가 들린다.] 이봐, 내가 키스하자고 하진 않았어. [고릴라가 으스러진 몸을 바닥으로 놓아버리고 어리둥절하여 생각하며 내려다본다. 그 다음 양크를 들어서 우리 안에 던져놓고 문을 닫은 다음 험악한 모습으로 비틀거리며 왼쪽 어둠 속으로 간다. 다른 우리들로부터 놀란 꽥꽥 소리와 훌쩍거림이 엄청나게 크게 들려온다. 그리고 양크는 신음하며 눈을 뜨고 움직인다. 그리고 침묵이다. 그는 고통스럽게 중얼거린다.] 어휴, 저 친구는 레슬링 선수 즈비스코와 한판 붙여야겠어. 나를 제압했잖아. 난 끝났지. 저 친구도 내가 진짜라고 생각하지 않는구나. [갑자기 열정적인 절망의 목소리로 말한다.]

---

149) Zibszko=미국 프로레슬러 Larri Zibszko.

Christ, where do I get off at? Where do I fit in? [Checking himself as suddenly.] Aw, what de hell! No squakin',[150] see! No quittin', get me! Croak wit your boots on![151] [He grabs hold of the bars of the cage and hauls himself painfully to his feet – looks around him bewilderedly – forces a mocking laugh.] In de cage, huh? [In the strident tones of a circus barker.] Ladies and gents, step forward and take a slant at de one and only – [His voice weakening] – one and original – Hairy Ape from de wilds of – [He slips in a heap on the floor and dies. The monkeys set up a chattering, whimpering wail. And, perhaps, the Hairy Ape at last belongs.]

[Curtain]

주여, 저는 어디서 내릴까요? 나는 어디에 속할까요? [갑자기 흥분을 억제한다.] 아, 제길! 소리지르지 말자! 포기란 없어, 알았지! 싸우다 죽는거야! [우리의 창살을 붙잡고 고통스러워하며 일어선다... 어리둥절하여 주변을 둘러본다... 억지로 쓴 웃음을 웃는다.] 우리 안이네, 응? [서커스 여리꾼의 날카로운 말투로] 신사 숙녀 여러분 앞으로 나오셔서 세상에서 하나뿐인... [목소리가 약해진다] ... 단 하나뿐인... 정글에서 온 털북숭이 원숭이를... [바닥에 풀썩 쓰러져 죽는다. 원숭이들이 꽥꽥소리와 훌쩍이는 곡소리를 낸다. 그리고 아마도 털북숭이 원숭이는 드디어 제자리를 찾는다.]

막이 내린다.

---

150) squawk=screech, scream. 비명을 지르다.
151) Croak with your boots on=장화를 신은 채 죽는 거야, 싸우다 죽는 거야.

작품해설

I

　오닐의 『털북숭이 원숭이』(1922)는 본격적인 미국연극의 시작을 알리는 중요한 작품이다. 20세기 초까지만 해도 미국연극은 아직 독자적인 색깔을 지닌 작품을 생산할 전통과 실험성을 가지지 못했으며, 유럽연극을 모방 내지 수입하여 소개하는 수준에 머물고 있었다. 멜로드라마나 재미 위주의 가벼운 희극 공연으로 엔터테인먼트의 수준에 머물던 미국연극계에 실험정신으로 가득 찬 오닐의 등장은 획기적인 사건이었다. 오닐이 『털북숭이 원숭이』를 발표할 당시 독일을 비롯한 유럽에서는 표현주의가 한창 풍미하고 있었고, 시·소설·연극을 비롯한 미술 분야에서 비사실주의적 경향의 작품이 쏟아져나왔다. 에드바르 뭉크(Edvard Munch, 1863-1944)의 그림 〈절규〉는 격렬한 내면감정의 회화적 표현이 어떤 것인지를 간단하게 말해주는 작품이다. 『황제 존스』와 『털북숭이 원숭이』를 집필할 당시 오닐은 게오르크 카이저(Friedrich Carl Georg Kaiser, 1878-1943)의 『아침부터 자정까지』와 『칼리가리 박사의 캐비닛』 등 독일 표현주의 연극과 영화를 섭렵하였으며, 표현주의극의 틀을 빌려 자신의 독자적 정신세계를 세련되게 극화하였다. 작가의 생애를 통틀어 오닐이 일관되게 추구하는 것은 내면의 진실을 파헤쳐 극화하는 다양한 표현주의적 기법이라는 점에서 『털북숭이 원숭이』를 비롯한 그의 초기작품의 경향을 이해하는 것은 중요하다.

표현주의 연극은 스웨덴의 천재극작가 아우구스트 스트린드베리(August Strindberg, 1849-1912)의 몽상극의 영향을 받아 독일에서 싹튼다. 외부세계의 현실을 재현하는 사실주의, 자연주의 예술가들에게는 추상적 분위기, 상징, 또는 내면세계의 변화무쌍한 양상을 무대 위에 재현하는 기법을 발견하는 것은 혁명이나 다름없었다. 스트린드베리가 『다마스커스를 향하여』, 『몽상극』, 『유령소나타』 등의 작품에서 환각의 세계를 재현하였을 때, 연극은 비로소 의식과 무의식 세계의 유연성과 초현실성을 관객에게 보여줄 수 있게 되었다. 그의 작품에서 현실과 비현실 사이의 벽은 쉽게 허물어지고 꿈과 현실 사이의 경계선은 필요에 따라 수시로 넘나들 수 있다. 주인공의 심리상태에 따라 전혀 새로운 인물이 등장하기도 하고 두 인물이 하나로 합쳐지기도 한다.

II

유진 오닐의 『털북숭이 원숭이』는 대서양횡단 여객선의 화부실 노동자의 삶을 그린 희곡이다. 좀 더 정확히 말하면 화부실 노동자들의 대표격인 양크가 단순무식한 노동자에서 자기 주변세계에 눈을 돌리기 시작하고 세상 주유를 거쳐 철학자로 태어나는 변신의 과정을 그리는 작품이다. 주인공 양크는 유아기적 자기몰입 상태에서 거의 동물처럼 살다가 밀드레드라는 여성을 만나면서 자아의식에 눈을 뜨고 비로소 나와 타인의 관계에 대해 생각하기 시작한다. 그가 사유를 통해 얻은 결론은, 인간은 동물도 천사도 아닌 중간자로서 두 세계의 사이에서 귀속감을 상실한 채 방황하는 고독한 존재이다.

양크가 일하는 원양여객선은 사회의 계층구조를 상징하는 은유이며 양크는 그 사회의 밑바닥 계층에 속한다. 하지만 양크는 화부실이 세계의 중심이며 자신을 비롯한 화부들은 배, 즉 세상을 움직이는 주체라고 생각한다. 하는 일 없이 빈둥거리는 갑판 위의 승객들에 비해 엔진에 석탄을 공급해서 배가 움직이게 하는 노동자들이야말로 배의 주인이며 세상의 에너지원이다. 양크가 산업혁명과 증기기관의 발명으로 대두된 기계문명의 세대라면 패디는 돛과 바람에 의존하는 범선의 세대를 대표하는 인물이다. 젊은 시절에 범선의 선원으로 일한 적이 있는 패디는 인간과 배와 자연이 하나가 되어 노동이 여유와 즐거움이었던 낭만적 항해에 대해 이야기하고 또 노래를 부른다. 이제 나이가 들어 젊은이들처럼 강도 높은 노동을 감당할 수 없는 그에게 양크가 찬양하는 기계와 석탄이 만드는 힘과 속도는 적응하기 어려운 현실이다. 현재를 긍정하고 기계문명을 찬양하는 양크에게 과거를 노래하는 패디는 패배주의자이며 경멸의 대상이다.

밀드레드라는 사장 딸의 방문은 양크의 세계를 송두리째 흔들어놓은 사건이다. 양크는 배 밑창의 화부실에서 일하면서도 갑판 위의 부자승객들을 부러워하지 않았으며 오히려 그들을 배의 짐짝에 지나지 않는 의미 없는 존재들로 간주했다. 하지만 어느 날 홀연히 순백색의 드레스 차림으로 나타난 밀드레드가 그를 보자마자 "날 데려가줘요, 아 더러운 짐승"이라 외치고 사라진 후 양크의 세계는 흔들리기 시작한다. 패디는 그가 식사를 거르면서 사색에 빠진 이유가 사랑에 빠졌기 때문이라고 비아냥거렸고, 롱은 사회주의자의 관점에서 자본가에 의한 무산자의 착취사건으로 상황을 해석하여 투쟁심을 부추기려 하였다. 밀드레드 사건은 무의식 상태의 동물처럼 보이던 양크를 '생각하는 사람'으로 만들었고, 나아가 자아의식을 가진 현대인으로 탄생하게 만들었다.

배를 떠난 양크는 뉴욕의 여기저기를 다니면서 다양한 경험을 하는데, 그것은 지리적 여행임과 동시에 정신적 여정이다. 양크의 목적은 표면적으로는 자신이 당한 모욕을 되갚는 것이었고, 그 방법으로 밀드레드의 아버지 회사를 폭파하고 세상을 뒤집어놓는 것이었다. 그러나 그것은 롱이 주장했던 사회주의적 혁명이나 투쟁과 다르다. 양크는 혁명가가 아니다. 오히려 그가 가장 귀중하게 생각한 것은 대중사회 속에서 상실하기 쉬운 개인의 귀속감이다. 이 작품에서 양크가 가장 많이 사용하는 단어는 'belong'이다. 그가 그 말에 집착하는 것은 그의 관심이 사회적인 데 있지 않고 소외감의 극복에 있기 때문이다. 그는 뉴욕 5번가에서 만난 사람들과 어떤 식으로든지 대화를 나누고 싶어 했지만 철저하게 무시당했고, 남들이 타려는 버스를 놓치게 방해하였다는 이유로 체포되어 감옥에 갇히게 된다.

『털북숭이 원숭이』는 첫 장면부터 마지막 장면까지 감금의 이미지를 반복시켜서 양크의 운명을 사회적인 현상이 아니라 본질적인 인간조건으로 제시하려는 작가의 의도를 암시한다. 1장의 화부실은 벙크 침대를 둘러싼 강철기둥들에 의해 화부들이 철창에 갇힌 원시인들처럼 보인다. 뉴욕시내에서 수많은 뉴요커들을 만났을 때 양크가 맛보는 소외감은 그가 군중 속에서도 고독하며, 그것은 바로 정신적 감옥에 갇혀있음을 의미한다. 양크는 자신과 같은 편이라고 믿었던 산업노동자들과의 만남에서도 배척당하고 내쫓겨서 자신은 어디에 가든 외톨이라는 생각을 하게 된다. 마지막 장면에 양크가 도착하는 곳은 자신과 닮은 고릴라들이 갇혀 있는 동물원이다.

롱의 의도와 달리 양크가 뉴욕에서의 다양한 경험을 통해 얻은 진리는 사회주의 혁명의 필요성이 아니다. 양크는 겉으로는 밀드레드의 아버지의 회사를 폭파하겠다고 벼르지만 그의 마음속에 싹트는 것의 존재 자체의 쓸쓸함이다. 그가 중요한 순간마다 belong이라는 말을 하는 것은 역으로 그가 그만큼 귀속감을 느끼지 못하고 외로워한다는 의미이다. 더 나아가 그의 귀속감 상실은 실존철학에서 말하는 '피투성'(避投性), 즉 존재로의 내던져짐에서 오는 것이다. 피투성은 인간은 출생과 동시에 자신의 의사와 상관없이 이 세상에 태어나고 일정한 세월 동안 살아가도록 운명 지어졌다는 실존주의 철학의 명제 중 하나이다. 시간 속에서 생로병사의 과정을 겪어야 하는 그 운명의 틀은 누

158

구도 바꿀 수 없다. 작품의 장마다 작가가 감금의 이미지를 관객에게 보여주는 것은 삶이 바로 존재의 감옥이라는 점을 일관되게 상기시키려는 의도이다.

III

양크는 1장에서 네안데르탈인을 연상시키는 고릴라의 모습을 하고 있다고 묘사된다. 작가의 의도는 그의 외모만 그렇다는 것이 아니라 그의 의식수준도 자의식이 없는 동물적 상태에 있음을 암시하는 것이다. 그가 밀드레드라는 여성에 의해 자신을 객관적으로 바라보게 되면서 사색하는 인간으로 변모하게 되는 것은 그가 동물에서 인간으로 진화한다는 의미이기도 하다. 인간이 되는 것은 지능의 발달을 의미하지만 다른 한편으로는 육체와 정신의 이분법적 존재방식의 어려움을 안고 살아야 한다. 양크가 동물원의 고릴라에게도 폭력적인 방법으로 죽임을 당하고 "주여, 나는 어디에 끼어들어가야 하나요?"라고 말했을 때 그것은 인간이라면 피할 수 없는 귀속감 상실을 말하는 것이며 나아가 끊임없이 방황하며 고뇌하는 인간의 존재방식을 환기시키는 말이다.

작가에 대하여

미국연극의 아버지라고 불리는 유진 오닐은 1888년 10월 16일에 뉴욕시 브로드웨이의 배럿 하우스 호텔에서 제임스 오닐과 엘라 퀸란의 셋째 아들로 태어났다. 취학연령에 이르자 오닐은 코네티컷에 있는 가톨릭 계통의 기숙학교에 입학하여 어린 시절을 보냈으며 유일한 취미는 책을 읽는 것이었다고 한다. 그는 1906년에 프린스턴 대학에 입학하여 1년간 수학한 후 알 수 없는 이유로 그만두고, 1909년 즉 20세 되던 해에 캐서린 젠킨스와 첫 결혼을 한다.

1910년부터 2년 동안 오닐은 선원생활을 하며 남미와 영국 등지를 다니다가 귀국하여 뉴욕 부둣가의 싸구려 여인숙 '지미더프리스트'에서 밑바닥 생활을 하면서 한 때 자살시도를 한다. 1912년에 오닐은 아버지가 주인공으로 출연한 연극〈몽테그리스토 백작〉에 처음 단역으로 무대에 선다. 그 해 그는 폐결핵 진단을 받고 요양원에 들어가 6개월 동안 치료를 받으며 아우구스트 스트린드베리를 비롯한 많은 서구 명작 드라마를 읽고 극작가가 되기로 맹세한다. 1916년 여름 오닐은 매사추세츠의 프로빈스타운에서 유명작가들과 극단 프로빈스타운 플레이어스를 결성,〈카디프를 향하여 동쪽으로〉를 공연하여 성공을 거두었고 1920년에 오닐의『지평선 너머』가 그의 작품으로는 최초로 브로드웨이에서 공연되고 퓰리처상을 수상한다. 그 이후 오닐이 발표한 작품으로는『존스 황제』(1921),『애나 크리스티』(1921),『털북숭이 원숭이』(1922),『신의 아들은 모두 날개가 있다』(1924), 『느릅나무 아래 욕망』(1924), 『위대한 신 브라운』(1926), 『이상한 막간극』(1928), 『아, 황야!』(1933) 등이 있다. 오닐은 1933년에 미국 한림원 회원으로 피선되었고, 1936년에 노벨문학상 수상자로 선정되었다.

　　오닐은 만년의 마지막 10년간 파킨슨씨병 증세로 손을 심하게 떨어서 집 필을 하지 못하는 상황에 있었다. 그의 마지막 프로젝트는 미국의 가정을 그리 는 열한 개의 사이클드라마를 쓰는 것이었는데 그 중 2개의 작품 『시인의 기질』 과 『더 웅장한 저택』만이 완성되었다. 1937년부터 오닐은 캘리포니아에 중국 풍의 타오하우스(Tao House)를 건축하기 시작한다. 그의 마지막 걸작 『밤으로 의 긴 여로』는 이 집에서 집필된다. 이 작품은 아버지의 직업 때문에 떠돌이 생활을 하며 고통 받은 가족의 역사를 그린 비극으로, 읽는 사람이나 공연을 보는 사람은 누구나 깊은 충격과 슬픔에 빠진다. 오닐의 어머니 엘라는 출산 후 부실한 산후조리 후유증을 진통제로 달래다가 모르핀 중독에 빠져 긴 세월 동안 고생한다. 오닐은 한 때 신에게 어머니의 마약중독을 낫게 해주면 일평생 신을 위해 살겠다고 맹세하는 기도를 하였다고 고백한다. 어린 시절의 고독과 방황 탓으로 오닐은 아버지에 대한 깊은 증오심과 기독교 신에 대한 반항심을 그의 작품 곳곳에 드러낸다. 오닐의 작품에 등장하는 남녀관계·부모자식관계 는 종종 오닐의 가족관계를 반영하였으며, 오닐은 아버지에 대한 증오심과 어 머니에 대한 연민과 사랑을 작품 안에 은밀하게 감추어놓는다. 오닐은 보스턴 의 셰러턴 호텔에서 1953년 11월 27일 65세를 일기로 사망한다. 죽기 전 그는 자신의 인생에 대해 이런 말을 했다고 한다. "난 알고 있었어. 호텔방에서 태어 나서 호텔방에서 죽다니." 오닐은 죽기 전 유언에서 그의 사후 25년간 『밤으로 의 긴 여로』의 원고를 공개하지 말 것을 원했다. 하지만 그의 사망 3년 후 아내 칼로타는 『밤으로의 긴 여로』의 원고를 공개하기로 결정하고 예일대학 출판부 에 출판허가를 내준다. 제일 처음 스웨덴의 스톡홀름에서 공연된 후 미국에서 다시 공연되어 대성공을 거두고 네 번째 퓰리처상이 그의 사후 주어진다.

유진 오닐 연보
(Eugene O'Neill, 1888–1953)

1888년   뉴욕시 브로드웨이가 배럿 하우스 호텔(Barret House Hotel)에서 연극배우 아버지 제임스 오닐과 어머니 엘라 퀸란의 셋째 아들로 출생. 그의 출생 후 그의 어머니는 산후조리 잘못의 통증을 완화시키려다가 모르핀 중독자가 됨.

1895년   어린 시절 대부분 부친의 연극공연을 따라다니다가 일곱 살이 되던 해 가톨릭계 기숙학교 세인트 알로이시우스 소년학교(St. Aloysius Academy for Boys)에 입학하여 엄격한 가톨릭 교육을 받음.

1900년   뉴욕시의 드라살 학교(De La Salle Institute)로 전학함.

1902년   코네티컷 주의 베츠 아카데미(Betts Academy)에 입학함.

1906년   프린스턴 대학에 입학함. 수업에 자주 결석을 하였고 10개월 후에 학교를 그만둠.

1909년   프린스턴 대를 떠난 후 몇 년간 선원생활을 하기도 하고, 친형 제임스와 술을 많이 마시며 뉴욕 시내를 무위도식하며 돌아다니는 생활을 한다. 캐슬린 젠킨스(Kathleen Jenkins)라는 여성과 결혼한 후 금광 탐색대를 따라 온두라스로 갔다가 말라리아에 감염되어 귀국함.

1911년 선원으로 배를 타고 영국을 다녀옴. 이후 싸구려 여인숙 지미더프 리스트에서 온갖 잡일을 하며 밑바닥 생활을 함.

1912년 술주정뱅이로 지내다가 자살을 시도함. 아버지의 연극 〈몽테크리스토 백작〉에 단역배우로 출연함. 폐결핵에 감염되어 코네티컷 주의 요양소에서 요양하며 독서를 많이 하면서 유럽극작가들처럼 극작가가 되겠다는 결심을 함.

1916년 조지 그램 쿡, 수전 글래스펠과 〈프로빈스타운 연극인들〉이라는 극단을 만들어 부두극장(Wharf Theatre)에서 〈동쪽의 카디프를 향하여〉를 공연하고, 이 작품을 뉴욕으로 가져가 무대에 올림. 같은 해에 작가인 아그네스 볼튼(Agnes Boulton)과 두 번째 결혼을 하였고, 그로 인하여 아들 셰인과 딸 우나를 낳음.

1919년 〈스마트셋〉지에 『카리브 해의 달』을 발표함.

1920년 『지평선 너머』가 오닐 작품으로는 최초로 브로드웨이에서 공연됨. 3월 『애나 크리스티』가 아폴로 극장에서 상연됨. 『지평선 너머』가 퓰리처상을 수상함. 『황제 존스』가 브로드웨이 극작가극장에서 상연됨. 8월에 부친 제임스 오닐이 사망함.

1921년 〈애나 크리스티〉가 밴더빌트 극장에서 상연됨.

1922년 어머니 엘라 오닐 사망함. 프로빈스타운 연극인들 극단이 『털북숭이 원숭이』를 극작가극장에서 상연함. 『애나 크리스티』를 브로드웨이에서 무대에 올려 두 번째 퓰리처상을 수상함.

1923년 국립예술원 회원으로 선출됨. 형 제임스 사망.

1924년 〈아메리칸 머큐리〉지에 『신의 아이들은 모두 날개가 있다』를 발표하고 그 해 5월에 프로빈스타운 극장에서 상연함. 『느릅나무 아래 욕망』을 그리니치빌리지 극장에서 초연한 후 브로드웨이로 옮겨 가 이듬해 10개월간 공연함.

1925년   단막극 및 장막극 20여 편이 수록된 『유진 오닐 전집』이 출판됨.

1926년   『위대한 신 브라운』이 그리니치빌리지 극장에서 초연되고 브로드
         웨이로 옮겨 가 장기공연에 들어감.

1927-1928년   『백만장자 마르코』 출간. 『라자루스가 웃었다』 출간. 『이상한
         막간극』으로 세 번째 퓰리처상 수상.

1929년   아그네스 볼튼과 이혼하고 세 번째 부인 칼로타 몬터레이(Carlotta
         Monterey)와 결혼. 『발전기』 상연 및 출판.

1931년   『상복이 어울리는 엘렉트라』를 길드 극장에서 공연.

1932년   미국 한림원회원으로 피선됨. 『아, 황야!』를 길드 극장에서 공연.

1934년   『끝없는 나날』을 길드 극장에서 상연.

1936년   노벨문학상 수상자로 지명됨.

1938년   말년을 보낸 타오하우스에 입주함.

1939년   『얼음장수 오다』를 탈고함.

1940년   『밤으로의 긴 여로』 집필 완성단계에 이름.

1942년   파킨슨병 판정을 받음. 『휴이』를 탈고함.

1952년   『영락한 자들의 달』 출간.

1953년   사망.

1956년   『밤으로의 긴 여로』가 스톡홀름의 한 극장에서 초연됨. 그 해 11월
         뉴욕시의 헬렌 극장에서 초연되고 네 번째 퓰리처상이 수여됨.

옮긴이 **손동호**
한국외국어대학교 영어과 졸업
미국 미네소타대학교 대학원 영문학과 졸업 영문학박사
한국외국어대학교 영어대학 교수
근현대영미드라마 전공자로서 다수의 논문과 역서를 출판하였고
현재 아일랜드 드라마를 연구하고 있음.
경력: 세계문학비교학회 회장, 한국아메리카학회 회장

털북숭이 원숭이 *The Hairy Ape*

초판 2쇄 발행일 2022년 6월 2일
유진 오닐 **지음** | 손동호 **옮김**

발행인 이성모
발행처 도서출판 동인 | 서울시 종로구 혜화로3길 5 118호
등 록 제1-1599호
TEL (02) 765-7145 / FAX (02) 765-7165
E-mail dongin60@chol.com
ISBN 978-89-5506-652-4
정가 10,000원

※ 잘못 만들어진 책은 바꾸어 드립니다.